平如美棠

我倆的故事

饒平如

饒平如

攝於 1945 年時年 24 歲

毛美棠

攝於 1943 年時年 19 歲

我講的話每句都是真的，
每個故事都是真的。
關於過去，
那些畫面都在我腦海中。

推薦序／

赤白乾淨的骨頭

柴靜

1

認識美棠那一年，饒平如二十六歲，從黃埔軍校畢業，在一百軍六十三師一八八團迫擊炮連二排，打湘西雪峰山外圍戰，差點丟了性命。身邊戰友被打中肚腹，腸子流了出來，慘叫之聲讓他「多年無法忘記」。他被槍彈壓得趴在山坡上，手緊緊抓著草莖，抬眼看青山之巔，深藍天上，白雲滾滾而過。

「這就是葬身之地了，也好。」他說，「那時候一個人，不怕，不知道怕，男孩子的心是粗的。」

戰爭結束，一九四六年夏天，饒平如的父親來了一封信，希望他藉著假期回家訂親。

「父親即帶我前往臨川周家嶺3號毛思翔伯父家……我們兩家是世交。走至第三進廳堂時，我忽見左面正房的窗門正開著，有個年約二十面容嬌好的女子正在攬鏡自照，塗抹口紅——這是我第一次看見美棠的印象。」

「覺得美嗎？」我問。

「那時覺得女孩子都是好看的。」老先生老實說。

兩個人也沒講什麼話，父親走過去把戒指戴在姑娘手指上，人生大事就這麼定了。兩個青年都覺得好笑，笑之餘，去她房間坐，妹妹們繞著床玩，美棠拿張報紙捲筒，唱歌，還拿相冊給他看。

他覺得她大概是喜歡自己的，從相冊中抽了幾張帶走。

回軍營路上，他穿軍裝站在船頭，看滾滾長江上的波光，覺得自己的命從此輕慢不得，因為命裡多了一個人。

他最喜歡美棠的一張照片，石榴花底下少女鮮明的臉，捲髮尖臉細彎眉，放大貼在軍營牆上，還把照片分贈給戰友——我簡直不能明白男生這種心理，問他，他承認「還是有幾分得意的」。之前鄰居有十四五歲的少女常來，有日，看到照片，問：「你女朋友？」臉色一黯，後來再沒來過。

內戰之後開始，他不想打，請假回家成婚。

八十歲時，美棠去世，他今年九十歲*，畫十幾本畫冊，叫做《我倆的故事》。把石榴花下的黑白照片重新沖洗，塗一點唇紅，底下寫「此情可待成追憶，只是當時已惘然」。一筆一筆，從她童年畫起，幼年時如何在課室裡羨慕小丫鬟在外打秋千，如何與好朋友捲髮穿旗袍去舞場跳舞……都按她當年所講畫來。兩人婚禮的照片在文革中燒了，他靠記憶，把當時的建築、場景、人都畫進去。畫的時候並沒什麼用意，只是覺得全景的角度可以把大家都畫進去，一個不少。

看的人不免覺得，這個角度像是對兩個人的背影隔了歲月的凝視。

＊本文寫成於 2012 年。

2

婚後時局動盪，饒平如帶著美棠，在貴州當雇員，為了躲劫匪，將首飾藏在車輪子裡頭。又在南昌經商，他畫下那個年代裡的細節，寫「開麵店生意不佳、上夜校學會計、面試糧食局、投簡歷給測量隊、賣乾辣椒搞不清楚秤——美棠嘲笑我根本不像個生意人，我自思也的確如此，至今還未弄明白盤秤要扣除盤重是怎麼一回事。」

居然這一段回憶最快樂，他畫年輕人無事打「梭哈」——我根本不知這是什麼紙牌法，他興味地向我解釋半天，我也不解。只看他畫五人，座位都標得清楚，還像小孩子一樣標上每個人的身份「老吳」、「定姐」……還有「平如」和「美棠」在板凳上緊靠著，相視而笑。

兩夫婦住的房子只是一個亭子加了四面板改成的房間。「那個時候真的不覺得苦，好玩，為什麼？一到那個下雨，狂風大作，那窗劈裡啪啦地響，又打雷，風呼呼吹，山雨欲來風滿樓，這個詩意，水泥房子領略不到這種山間的野趣。」

「中國人愛說貧賤夫妻百事哀，你為什麼覺得有詩意？」我問。

「我想跟那個心境有關係。不管什麼時候，什麼地域，什麼人生，有些詩意的人，他看什麼都是有詩意的。」

3

到了一九四九年，饒平如本來要隨眾去臺灣，又想「岳父把他女兒嫁給我，是希望總要有個依靠，我要是走就不負責任。」於是留下來，覺得總有地方容得下寒素的家庭。一九五八年，他被勞動教養。沒人告訴他原委，也沒有手續，他被直接從單位帶走。單位找上他妻子：「這個人你要畫清界線。」

闗口上，美棠說的話透出一股脆利勁兒：「他要是搞什麼婚外情，我就馬上跟他離婚，但是我現在看他第一不是漢奸賣國賊，第二不是貪污腐敗，第三不是偷拐搶騙，我知道這個人是怎麼一個人，我怎麼能跟他離婚。」

饒平如去了安徽一個廠子勞動改造，直到一九七九年。他每年只能回來一次，二十二年，一直如此。

他幹的活是獨輪車運土修壩。兩三百斤的土，拉車還可以兩個人一起，輕鬆些，但他選推車，為的是一個人自由，可以把英語單字放在衣服裡，一邊默背，知道沒什麼用，只是不願意生命都消磨過去了。

這二十多年裡，夫妻二人，他寫給美棠的信件都沒有被保留，美棠寫的信他大多留著，全貼在畫冊裡。美棠的來信裡幾乎沒有情感的字樣，都是艱辛的生活：怎麼搞點吃的，怎麼讓他弄點雞蛋回來，怎麼讓孩子應徵工作，怎麼能夠給他們找一個物件⋯⋯他依日期貼好，信件有日久殘缺的地方，他用筆填補好。

十幾本畫冊沉又大，放在桌上，都不好平攤開來。我就趴在床上看，一邊摘些字句，看到有的地方失笑——美棠是個小暴脾氣，信裡有時寫「我很氣你，我很生氣，我越寫越氣」，筆一扔，後邊不寫了，要過一兩個月才又有新的信。

「你看了是什麼感覺？」我問饒先生。

「我同情她。」

我沒想到：「同情？」

「她平時對我很好，她說這樣的話，一定是心裡受了很大的刺激。」

他常念及一個女人帶幾個孩子，工資不夠，需要背二十斤一包的水泥掙點錢，從孩子口中省下糖塊寄半包給丈夫，他拿手絹包著放枕頭下，吃半個月吃完。

她過世後，他現在每每經過上海自然博物館，都停下腳步，「這個臺階裡面，我不知道哪一塊是她抬的水泥，但是我知道，她為了孩子，為了生活，她背啊，她的腰、腎臟受損了，恐怕也就是這樣引起的。」

每到過年前，他在安徽買了雞蛋、花生、黃豆、油，一層層，用鋸末隔好，租個扁擔，拿棉襖墊著肩膀，坐火車挑回上海，就等妻與子開門時這一下熱騰騰的歡喜，「一晚上這些小孩子可以吃掉差不多一麻袋。」

我問：「中間二十年，相隔兩地，沒有怕過感情上出問題嗎？」

「想都沒想過。那首歌裡唱的，白石為憑，日月為證，我心照相許，今後天涯願長相依，愛心永不移。這個詩說得很好，天涯，這個愛心是永遠不能夠移的。」

這是美棠最喜歡的《魂斷藍橋》裡的歌詞。青年時代沒有那麼重的憂煩時，家中如有客，她讓他吹口琴，自己唱和。現在她不在了，他九十歲才學彈鋼琴，為的就是常常彈這首曲子，是一個緬懷。

「你什麼也不會做！」——這是美棠一生對他講得最多的話，「不管做什麼，都被說『你什麼都不會做』，比如炒菜炒得不好，抽屜沒有關上，給孫女買的書是錯誤的等等。」他嘻嘻笑。

有時子女也覺得母親苛刻了些，老先生趕緊擺擺手，意思是「人家教育自己老公，跟你們什麼相干」。

他說：「她其實一直在埋怨我，一直在笑我。但這個笑當中，不是譏笑，也不是諷刺，就是好像好玩兒：你看你連這個都搞不清楚。」

「有的男人可能會覺得，這會不會對自己太挑剔了，覺得面子掛不住。」我說。

「根本沒這個事兒。什麼面子？沒有。」

幾個年輕姑娘在現場聽採訪，聽到這裡都笑了。饒先生也笑，說他小時候，母親覺得他傻乎乎的，他辯解「我看著傻，心裡不傻」，母親笑，又講給父親聽，邊講邊樂，小孩子也跟著高興。

這麼些年，妻子買菜他都跟著，怕她拎著重。「我拿著籃子，跟在後邊培訓培訓，她教教，帶徒弟，『這個菜怎麼樣，那個菜怎麼樣』。我說：『妳不買妳問他（老闆）幹什麼？』她說：『你傻，多問幾個地方，心裡有數，再去買不是有比較了嘛。』她就嫌我腦子太簡單。東挑西挑。」

「一般男人都會說『我不去了，你去買』吧？」

「我從來不欺騙她。我對她不講什麼謊話。」

「你也不發火嗎?」

「不不,我從來沒發過火。前幾天在電視上看到,一個男的也五六十歲了,跟老伴兒吵架了,這個男的說他老婆如何如何不好。她沒你文化高,她智力不如你,你的邏輯好,你會分析,她不會分析,她講不出理由。但是她對你好的時候,你想過沒有?你有理,可是你無情。」

他說人生總有起伏,有錢了,但可能會沒錢,今年他升官了,明年他可能倒楣了,這都不是人生的價值,人應該「不改初衷」。

「有人覺得這個初衷只是你們父母之間的一個約定?」

「那是一個引子,後來是兩個人在一起生活,這是最寶貴,人生當中一個最真切的東西。」他說。

5

一九九二年,美棠腎病加重,饒平如當時還在政協工作,後來他推掉了所有工作,全心照顧妻子。從那以後,他都是五點起床,給她梳頭、洗臉、燒飯、做腹部透析,每天四次,消毒、口罩、接管、接倒腹水,還要打胰島素、做記錄。他不放心別人幫。

「您心裡有煩躁的時候嗎?」

「沒有,沒有,這個一點都沒有,這個是我的希望。」

後來，美棠在病痛中漸漸不再配合，不時動手拔身上的管子。她耳朵不好，看字也不清楚了，他就畫畫勸她不要拉管子，但畫也不管用，只能晚上不睡，一整夜看著她，但畢竟歲數大了，不能每天如此，還是只能綁住她的手。

「她叫『別綁我』，我聽到很難過，怎麼辦……很痛苦。」

美棠犯糊塗越來越嚴重，有一天稱丈夫將自己的孫女藏了起來，不讓她見。饒老先生怎麼說她都不信，他已經八十多歲，坐在地上，嚎啕大哭。

她看著他哭，像看不見一樣。

他說：「唉，不得了，恐怕是不行了。像楊絳寫的這句話，『我們一生坎坷，到了暮年才有一個安定的居所，但是老病相催，我們已經到了生命的盡頭。』」

饒先生的孫女說奶奶從那以後很少清醒，「所有人都只當她是說胡話的時候，只有爺爺還一直拿她的話當真。她從來就是挑剔品質的人，她要什麼，爺爺還是會騎很遠的車去買哪個牌子的糕點哪個店鋪的熟食。等他買了回來，她早就忘記自己說過什麼，也不會想要吃了。勸不聽的。奶奶說她那件並不存在的黑底紅花的衣裳到哪裡去了，爺爺會荒謬地說要去找裁縫做一件」。

孫女寫道：「想不到老爺子神經那麼脆弱，虧他是當過兵放過炮的。恩愛夫妻有很多，但是那些事情在當時已經沒有什麼實際的意義，晚輩都在制止，覺得做了也是徒增自己的傷心，不知道他是特別天真還是特別勇敢。」

我問饒老先生：「晚輩勸你，說做這些事都沒有任何意義了？」

「不這樣做，我心就不安，理就不得，就這麼一句話，明知其不可而為之。做了，我心裡沒有什麼愧疚，不做，倒是一個永遠的譴責，那一輩子，就不會好過的，我會拷問自己，人生當中，你可以做的事情為什麼不去做。」

我聽到這兒，有所觸動，心裡一塌，幾乎失去再繼續問下去的勇氣。

6

「二〇〇八年三月十九號下午，她去世，四點二十三分，我一進去，遠遠地看見她睡在床上，她已經……她的生命已經沒有力量了，已經耗盡了，她理智還有一點。她看見我，流了一滴淚，只有這一點力氣，看見我了，但是她講不出，她不能動，她的生命就剩這麼一點點。」

「您當時說什麼了嗎？」

「沒有說什麼，她已經不能講話，我摸摸她的手，還有一點點溫。後來我意識到真的是冰涼了，我就拿剪刀把她的一縷頭髮剪下來，用紅絲線紮一紮，放在家裡……這是她唯一剩下的東西，那就作個紀念。一個戒指，很小的戒指，她平常戴的。我平常不戴，我今天戴著來了。」

他小指上戴著細細一圈的金戒指。當年父親贈給新人的那個，因為後來家境貧寒，美棠已經變賣了，晚年他買了另一只送妻子。

「這是她的戒指。我說我到北京來，我都帶著她來，讓她也來，讓她也來經歷一番。

我不離開手的這個戒指，我今天帶來了……」

採訪的燈，罩了層柔光紙，打在老先生臉上。老人穿著白襯衣，外面是深色格子外衣。白髮細密如縷，戒指一點微微的金光，四周都是黑暗。

「……反正是人生如夢，人生如夢，我今天帶來了，讓她也看看。我的故事，就是這一段。人人都要經過這一番風雨，我就是這樣走過來的。白居易寫『相思始覺海非深』……到了這個時候我才知道，海並不深，懷念一個人比海還要深。」

7

美棠去世後有半年的時間，他無以排遣，每日睡前醒後，都是難過，只好去他倆曾經去過的地方、結婚的地方，到處坐坐看看，聊以安慰。她的骨灰就放在他臥室裡，要等到他離世後，兩人再一起安葬。

「我不願意把她單獨擺下去。把她放在房間裡，沒有離開過。我每天早上晚上，上一炷香，祝願她，天上也好，地上也好，反正是……那種安息。」

他決定畫下他倆的故事，覺得死是沒有辦法的事，畫下來的時候，人還能存在。他沒學過畫，這本畫冊裡不少畫是他喜愛豐子愷，臨摹來的。他喜愛蘇軾、林語堂、楊絳、章詒和的句子，就抄下來。誰的印刻得好，自己也學著刻一方印上。詩、口琴、畫，老人說，都是少年時代受惠於母親和學校的那一點記憶，描摹仿寫，也許談不上技藝，是情動於中，無可奈何而已。

他說：「古人有一種說法，『多情應笑我，早生華髮』，情重的人頭髮容易白，所以我頭髮白了這麼多。」

「您已經九十歲了。難道這麼長時間，沒有把這個東西磨平了，磨淡了？」

「磨平？怎麼講能磨得平呢？愛這個世界可以是很久的，這個是永遠的事情。」

他現在與一隻普通家貓一起生活。貓陪伴他與美棠十年，因為肝中毒被寵物醫院診斷沒救了，他花了四千多塊錢，在家吊針救活了。貓愛出去玩，他在陽臺門上貼「don't be out」；寫字臺下面壓著他寫給自己的提醒，一個字，「慢」。每年春節他自製春聯，孫女說看到每個門洞都沒有漏貼一個小小的「春」字，覺得有點可愛，「讓人感覺他生活中那些美好的東西從來不曾被日常生活磨蝕掉，好像現實再不濟也未敢玩世不恭。」

我問他：「家人覺得你怎麼能夠一直這麼特別天真？」

他說：「外國有這麼一句話，《聖經》裡有，說只有兒童的心才會上天堂。」

「你原來是一個當過兵、經歷過炮火的人，人們可能說你怎麼會這麼脆弱？」

「善與惡之間，我有一個判斷力，我要堅持做善的，我不做惡的，我有這個堅強的信心。我是這樣想，一個人要有力控制自己，你可以不危害於人，你可以有這個力量，這不是他的心脆弱，這是他道義的堅強。」

採訪中有段話，沒有編輯進片子裡，但我一直記得。饒先生說上個月有天在院中看到一個二十公分長的黑色的東西，是有人丟的骨頭，幾百隻螞蟻圍住啃。

他說：「像我從前，掃掉倒了就算了，這次覺得，我的力量比它大，我要掃就掃，不掃就不掃，它對我也沒妨礙，何必？我不去動它，我進屋，不動它。」

我當時聽，不知道他要說的是什麼。

「第二天，我再到院子一看，這個骨頭變成白色的了。原來螞蟻把它外面的這些肉隙都吃得乾乾淨淨，就剩下骨頭，螞蟻也沒有了，這個是我想不到的。」

我問他：「這給你一個什麼感受？」

「它是生命，我也是生命。為什麼我有能力，我有權，我要它死？我一踩，它就死了，但又何必呢？它對我沒有影響。它也是生命，它也要生活。」

這個採訪已經過去了幾個月，我記得這些話，但沒細想過，有天看書看到黃永玉說，「美比好看好，但好，比美好」。

我看到這兒，想起那根赤白乾淨的骨頭，這就是好。

8

前陣子，編導王瑾（外號「螞蟻」）拿來一封信，老先生給攝影師、編導每人畫了一張肖像，還註明「給小王的褲子上畫了八個洞，為了時尚起見。」

送我的是這張畫：一對男女靠窗對書而坐，上面寫「推窗時有蝶飛來。」

這期節目，每個參與的人，螞蟻、小余、天舒、老范、李倫、鄒根濤、沈超、陳曦……對畫冊都珍視寶愛。螞蟻把畫冊從上海運到北京，再運回去。我平時馬虎，這次哪怕一個紙片也怕掉了，看完一本本摞好，放在小茶几上。夜半三點一聲巨響，小茶几塌了一半，還好沒損失畫冊。裝在大紙箱裡封好，挪到樓下，螞蟻和天舒嘻嘻哈哈地把它們抬走了。

這一期的內容不過是尋常巷陌的情理，也沒什麼傳奇可言，就是一個世紀來一對普通男女的生活，我們也明知收視不會太好，但還是要做這一期。老先生的孫女舒舒在信中寫過「時代是不一樣的了，像他的畫冊裡有一頁『相思始覺海非深』那麼嚴重的句子，可能不是每個人都有幸和有勇氣可以引到自己身上的。」策畫小余回信說：「換了我，我也會問自己，會不會不遺餘力長久做一些無望的事。但我想，因為喜歡，所以情願。時光可以讓一個人面目全非，也讓另外一些人愈加清晰。」

我問過饒先生：「這畫冊中寫了很多的內容，你最希望後代能夠記住什麼？」

「一個人做人要忠厚。忠厚的人總歸是可以持久的。」

這二字他踐行一生，像一點潤如酥的雨，落下無形無跡，遠看才草色青青，無際無涯。

本文來自柴靜新浪博客

目錄

一　少年時

此景可待成追憶，
只是當時我們各自是香夢沉酣的天真歲月，
相逢也是惘然。

平如

我的完整記憶起始於八歲那年，家裡為我舉行發蒙的儀式。

既然是儀式，首先是要揀一個好日子。發蒙那天，淩晨三點左右，傭人就來喊我起床。梳洗好到了廳堂，見那裡早已經布置好，正面供奉著孔子畫像，父親母親和發蒙先生端立在前。漆靜夜氣裡，燈燭更顯出莊嚴氛圍，反讓小孩子暗暗地有一種興奮。但其實最讓我欣喜不已的還數書桌上的文房四寶，全都換成簇簇新的。發蒙先生，我喚他王姻伯，他的大女兒是我嫂嫂。王姻伯是當時湖南最高法院院長，字極好。他捉著我的手在書桌前描紅，寫的是「上大人孔夫子化三千七十士……」我的手被先生攥得很痛，但在這場面下不敢出聲。

按照規矩，發蒙時用的筆和剛剛寫下的字立刻被小心地收藏起來。禮畢，客廳的一旁早已備下酒水肴饌，現炒幾個家常小菜，飯菜的熱氣好像是專為了要將方才的肅穆消融才有的。吃完，先生便牽起我去上小學。走過寂靜巷子的時候，天邊曉色初綻，清晨清得凜冽。

“发蒙”的仪式

描红时之情景

"描红纸"的式样

大哥带我去上小学

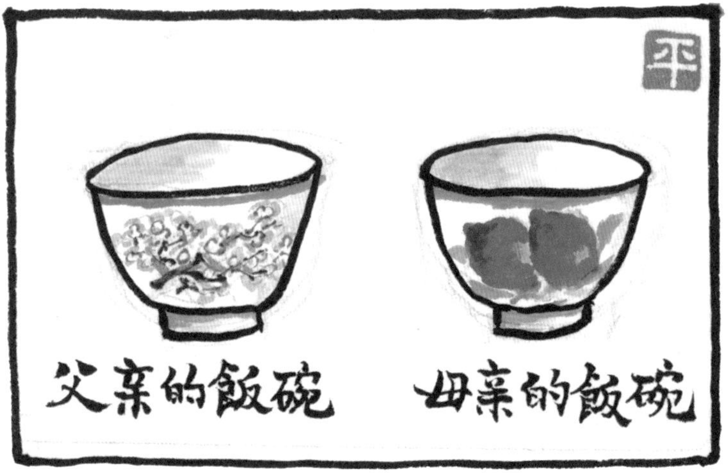

上小學開始，家裡便要求我每餐要給父親母親盛飯。家裡人對我的教育，我最記得的有兩樣。一樣是敬惜字紙，一樣便是愛惜糧食。碗裡不能有剩飯，更不能將飯粒掉在地上。「一粥一飯，當思來處不易；半絲半縷，恆念物力維艱。」

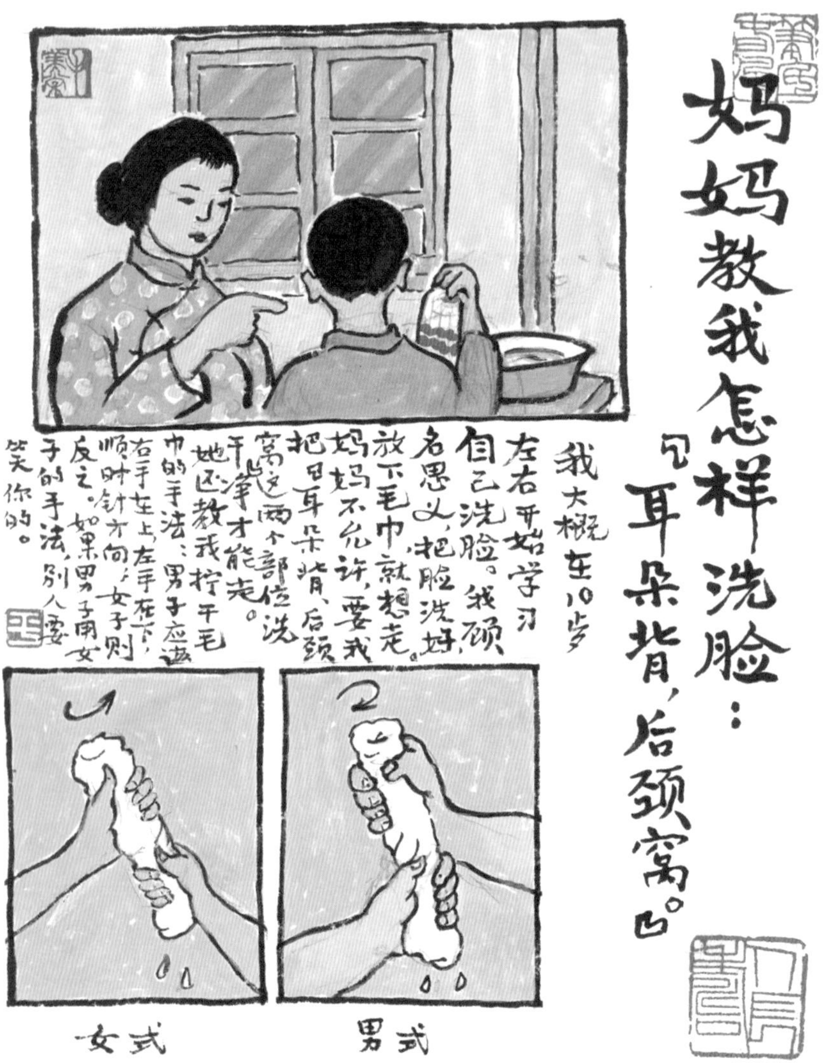
妈妈教我怎样洗脸：「耳朵背，后颈窝。」
我大概在10岁左右开始学习自己洗脸。我顾名思义，把脸洗好，放下毛巾就想走。妈妈不允许，要我把耳朵背、后颈窝这两个部位洗干净才能走。
她还教我拧干毛巾的手法：男子应该右手在上，左手在下，顺时针方向；女子则反之。如果男子用女子的手法，别人要笑你的。
女式
男式

那是我們舉家遷至南昌的第一年。在南昌，父親執行律師業務，我們住在陳家橋的一處房屋裡，環境並不很好。但這房屋的背後卻另有曲折。我有一個姑姑，是父親的親妹妹。姑姑嫁的本是富裕人家，卻不知她託付終身的人原來體弱，嫁過去才一年餘便帶著初生的女兒守了寡。因為這樣的緣故，父親對姑姑一直關照非常。我的表妹長到五歲的時候，逢到她父親的忌日，入夜，家裡擺起種種儀式招魂，帶著她的一個傭人婆子素日裡就有些生相兇狠，這時一面大喊：「去呀！看呀！你的爸爸來了呀！」一面突然將她往前面推去。小女孩禁不起這樣一嚇，從此竟瘋傻了，後來雖也結婚生子，始終不能幸福如意。而姑姑有位極親的親屬做著投資，姑姑就拿了八千塊錢算是合夥，投資是否真的失利也未可知，只知道不能還錢了，便拿了南昌陳家橋的房子來抵。姑姑得了這處房產也無法打理，便請父親來租下。我們就是因此而在南昌住了八年。

每天晚飯後，我和弟弟兩人都會去母親床邊聽她給我們講故事，家裡我們兩個孩子最小。母親講的故事多是些有教益的古代故事，比如閔子騫蘆衣順母，比如六尺巷的故事。而我始終記得，母親講到閔子騫勸父親不要休逐後母——「母在一子寒，母去三子單」時臉上浮起的動人表情，還有她解釋起「六尺巷」中那首小詩最後兩句時的笑聲。

我的故鄉是在江西南城。南城在古代亦屬豫章郡，漢高祖劉邦時候就已建制。盱江北流，貫穿老城，河西傍水起了城牆，設東南西北四座城門。城中有東南西北四條街，西街最長。我的家在北街上。河東便算城外，所以過了太平橋，風景人事都要寥落些。縣城內外水絡細布有如葉脈。環抱縣城的翠峰迤邐深秀。環山中有名的數麻姑山和從姑山。

母亲在晚饭后给我和弟弟讲故事

芦衣顺母

午餐桌上的大家庭

二十世纪三十年代之陈家桥

宋人有詩詠：

小麥青青山一曲，江南千里傷春目。
盱母江頭喚渡人，遙指麻源第三穀。

憑詩意來看，家鄉的風致恐怕從宋代以來便大抵如此，雞犬之聲相聞，舟人擁楫而歌，山水相連的千里江南想來也是這樣代代如此。詩裡的麻源就是麻姑山最大的山谷，相傳是麻姑修道之處。麻姑是傳說中的神仙，看起來不過是十八九歲的姑娘，卻自言已見過三次東海變桑田、海底復揚塵。因為有了這個傳說，麻源在我眼裡也好像有了一點天地宇宙的況味。

麻源於我還有特別的意義。麻源間有良田百頃，特產一種「銀珠米」，又叫「冷水白」。母親曾以我的名字在那裡買了田地。我從未親至，據父親說約有二十畝。麻源也是我祖父歸葬的地方。母親去世後，她的墓又葬在祖父墓的左側，略小些。一九五八年時候，當地政府在埇源興建水庫，桑田真的成了滄海，這兩座墓從此也消失不再。

南城普通人家的生活，亦是魚米之鄉自古而來的活潑熱鬧，祖父曾作小詩：

阿婿寧州買翠茶，阿姑渡背種新瓜。
小郎無事划船去，夜蘚松脂鬥鐵叉。

故鄉四季分明。昔時禪師説「春有百花秋有月，夏有涼風冬有雪。若無閑事掛心頭，便是人間好時節」，小孩子心上本無閒事，逢到節日，就真的是人間好時節。只要是過節，無論是清明、立夏、端午，還是七夕、中秋、重九，菜肴也總比平常豐盛些。這大概是小孩愛節日更重要的原因。

南城立夏時節有個「撐夏」習俗。撐夏撐夏，氣力加碼——這裡的「撐」南城人讀第四聲，方言裡就是硬塞進去的意思。到這天，大人就嬉笑著告訴我們：「你們放開量吃，今天是撐夏，過了今天，就不許吃太飽了！」立夏之後，天氣漸熱，飲食也逐步減量且趨於清淡。作為一個分界線，除了大吃一通外，南城的立夏還有秤人習俗。在我家，每年這天要借一杆大秤來，由燒飯大師傅老敖和洋車夫榮發二人撐著，給我們這些小孩子——包括我、三弟、慶曾、紹曾等秤一秤體重。等夏季結束了再秤一秤，並沒有明確的目的，所以我猜想是夏季裡吃得少，體重變化大，又容易生病，秤個體重好做保健方面的參考？女

米

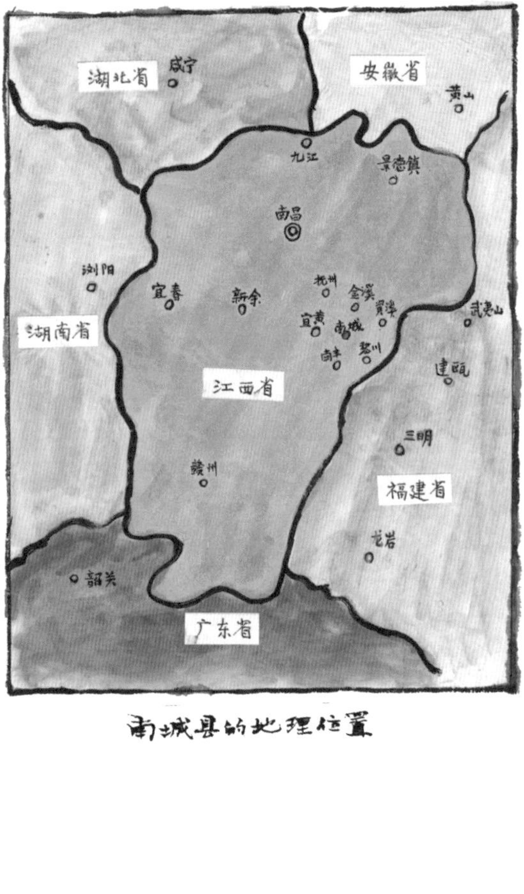
湖北省
咸宁
安徽省
黄山
九江
景德镇
南昌
浏阳
宜春
新余
抚州
金溪
资溪
宜黄
南城
南丰
黎川
湖南省
武夷山
建瓯
江西省
三明
赣州
福建省
龙岩
韶关
广东省

南城县的地理位置

上世纪40年代故乡南城的街景

上世纪三四十年代故乡南城的『美食』

碱水粽子

用精选之糯米加『碱水』（据说以稻草灰为原料，未知其详）制作。体积稍大，扎得紧，煮得烂，呈金黄色，食时清香扑鼻，佐以红糖，口感极佳。

汤粉

用上等粳米制成粉条，极细嫩，汤有荤（精肉）、素（豆豉）之分，均极鲜美。传统食法：用普通扁平菜碗，内盛汤热之米粉一两左右，加入相当比例的汤，再加葱姜末。吃毕再来一碗。青壮年一顿吃五六碗乃是常事，堂倌（服务员也）以数碗便可算出费用。

此种吃法与大碗汤粉之口味确有不同，可惜现在已经消失。二〇一〇年曾去南城，此法失传了。

孩子可不必秤，侄女韻琴就能免此手續。

端午時節，據縣誌記載，太平橋畔當年是有龍舟競賽的，場面好不熱鬧，可惜我未曾親見。端午節的鹼水粽倒是印象頗深。我家習俗是早飯吃點別的東西，到了午時才吃粽子、熟雞蛋和大蒜頭。鹼水粽是用稻草燒成灰，拿來置糯米內，打緊煮爛後，個個模樣粗壯，顏色淡黃，以紅糖蘸食，妙不可言。我和美棠小時候都食慣了這種鹼水粽，來到上海後，數十年未嘗此味。直到二〇〇三年，偶然在家附近的「杏花樓」看到有鹼水粽出售，忙買來與美棠一起品嘗。但究竟覺得鹼性不足，滋味與糯性不及家鄉的好。

每至中秋夜裡，家裡便在天井處備上方桌，圍上大紅桌圍，上供香燭果品，主角當然就是月餅。南昌的月餅薄而稍扁，一般都有飯碗口那麼大，更大的也有。餅的餡子是冰糖、紅綠絲、核桃和瓜子碎末。餅的表面撒白芝麻，其上再以黑芝麻寫個「月」，若是更大的月餅，就寫「中秋月餅」四個字。硬而甜，自有其特殊味道。

小孩子最喜愛的是過年。早在過年前一個月，家裡就開始忙於準備。先是買魚買肉做成鹹魚醃肉。備菜、灑掃以外又要給各人做新衣裳。我和弟弟都制綢面長袍，多為深藍色或綠色綢子，都是正色。

臘月二十四就是小年了。二十三日晚間，點亮香燭，父親帶著哥哥和我、弟弟等人向灶神菩薩行作揖禮，打爆竹，並將一些剪短了的稻草混合著穀子撒出去。因為據説灶神菩薩一年到頭都在廚房辦公，觀察我們的所作所為，直到此時，他要騎著馬到天庭去跟玉皇大帝「述職」了。這些碎稻草和穀子是給他老人家的馬兒在路上吃的。這個儀式也很隆重，

幼时在江西所吃的月餅

大人們在撒稻穀的時候嘴裡還要不斷喊：「啊……嚕嚕嚕嚕……」——這是在招呼馬，叫牠吃飽了好上路。

至於奉給灶神老人家的供品，有一樣必不可少，就是家鄉的飴糖。飴糖用米制成，又甜又黏。據說灶神吃了這個嘴就甜了，彙報工作的時候就盡說我們好話了。儘管這樣，我們還是怕他不記得這一點，特地在他的神像左右又貼了一副對聯作為提醒，叫做：

上天言好事
下界保平安

二十四日是小年了，各家素肴祭祖。經過半個多月來的忙碌（稱為「忙年」），準備工作終於大致就緒，可以開始享受過年的快樂。小孩子就更別提了，這樣新年快到、目前卻還沒有到的關鍵時刻，確實就是他們過年最為快活的時刻。照例，小年這日我們小孩子幾個每人要吃一碗「索粉氽肉」。「索粉」就是線粉，「肉」是肉丸。線粉和肉丸放到沸水裡，火候一到立刻起鍋不致其老，做法簡單但是味美。這索粉氽肉也是我對小年最要緊的記憶。

說來得意，在南昌的幾年裡，一般人家總是年三十夜裡過年，可我外婆家卻是二十七日過年。據說外祖父楊儀臣在南昌是客籍，上代是廣西遷來的，故在南昌並無宗族祠堂。而外婆家在二十七日過年，我猜想許是廣西某地風俗。怎樣都好，對於我們小孩子來說，一年能過兩個年，就是最大又最特殊的享受。

二十七日一早，母親、我和三弟三人就換好新衣，喊上兩輛人力車——一輛總是老余，另一輛由他去叫熟人。外婆家在南昌西書院街八號，這裡從前是宰相府，外婆家只買下其中的三分之一房屋，然而已經極大，足有十三進，外婆住在正廳東面的正房裡。拜了年，壓歲錢都由母親代收代管，我們身上放著兩三塊銀元已屬心滿意足。三弟和我拜過年後就是到處玩耍，或在年哥房裡看他的《小朋友》雜誌，或到外婆房外東側的小花園裡做遊戲——比如摧折些園中草木紮成草屋，再把個唐三彩的瓷馬給趕進草屋裡……有時，母親喊我們進去吃點心，吃好也還是繼續玩。

晚上就是二十七日的年夜飯了。外婆從不出來同我們一起吃，她在自己房裡有另外的菜色。我們和舅舅舅媽等人在正廳後邊擺一張大圓桌吃。十舅會把一塊紅燒肉夾到我碗裡，一面說：「平兒吃呀！這是『大塊文章』。」原來李白有「陽春召我以煙景，大塊假我以文章」，「大塊」本來是指大地，這裡則戲指大塊紅燒肉也。吃了「大塊文章」，對面十舅母起身挑起一長串粉絲也送到我碗裡，一面說：「平兒呀！要常（長）來常（長）往呀！」

吃罷年夜飯，大家去後面大廳祭祖、各家團拜。所有的屋裡這時都點起了宮燈，大廳裡更是燈火輝煌，香煙繚繞，祖宗神龕和手繪畫像前點起了巨型紅燭，滿滿擠著各房舅舅舅母、阿姨姨夫、表兄表弟，個個是盛裝。供桌上除了三牲外，還有一甑熱騰騰的紅米飯，飯上插一把戳子。其他便是些花生棗子桂圓類的小食品。而後祭祖開始，敲銅鑼、放鞭炮，響徹屋宇。印象中，外婆家的一年就在這樣的明亮和灼爍中落幕。

除夕終於到了。寫春聯是父親的事，除夕寫了，初一大早貼出來。父親愛在大門上寫一對：

神荼

鬱壘

這是兩位門神的大名。一切妖魔鬼怪啊，只要看到這兩位的赫赫威名，馬上就望風逃竄無影無蹤，頗有鎮宅之效。進得中門又是一對：

諸葛一生唯謹慎

呂端大事不糊塗

最後一進房上貼的是父親最愛寫的一副春聯：

天增歲月人增壽
春滿乾坤福滿門

就這樣，從天界人物到歷史人物，最後關係家門福祉，好像越往裡越見人世的溫馨。

吃年夜飯了。全家人聚成一大桌，上座是祖母，然後順時針方向依序是定姐、母親、我、三弟、父親、慶曾、紹曾、大嫂、韻琴、大哥。菜肴無非是雞鴨魚肉，而我獨愛一道「薯粉肉丸」。要說做法卻也簡單，不過是用木薯粉拌了肉糜，調味後捏成金錢餅那樣大小的丸子，略略壓扁，置蒸籠裡蒸熟，然後連著蒸籠一起端上桌。我喜歡它丸子鮮香而有韌性，又毫不油膩，真好吃。每年上這道菜時，大人們早就下桌休息聊天去了，只剩下我們一班年輕人爭食。這薯粉丸子啊，蒸熟後黏性好，就和蒸籠竹屜黏在一起，不那麼容易夾起。定姐心靈手快，一夾一個已經到嘴。但有一次，她箝著一個丸子正要取出，可奇怪怎麼也夾不起來，所以一個發力，結果聽得繃的一下，筷子生生撬斷。原來是她把筷子探進了蒸格下面，她的筷子又不敵那竹格堅固……只好等第二籠罷。後來在上海，我同美棠說起薯粉丸子，她亦喜食，我們便買齊原料合力試製。但大約我倆都缺少廚藝天賦，做出來的丸子只得些許相似處，究竟不如大師傅做得好。

平時我們小孩子禁止玩牌，唯獨過年之際，打牌不但可以，父親還帶頭坐莊，更讓我

虎皮鸭子

南城古风尚存，食品原料简朴，烧制时也并不复杂。所谓『虎皮鸭子』者，系用粉皮作外层，内层铺以薯粉，蒸熟後切成条状物，再加些调料，如豆豉之类烧煮而成。但吃时别有风味，毫无油腻之感，素食者多喜食之。此菜可以上酒席，其品位可以想见矣。

原料非常简单，用猪肉末加上薯粉，揉捏成小圆球状，再压扁，上蒸笼蒸熟，趁热吃，味道又鲜又糯，有嚼劲，我家平常不吃，只在吃年夜饭时才做，等于是菜後的点心。有一年，吃了一笼又一笼，大家争着吃，由于此物有粘性，用筷子须用力紧夹才能到嘴，定姐的筷子插到蒸笼的竹格子中间，她未发觉，用力一提，把筷子都弄断了一根。

此乃七十八年前的事，至今仍在脑中留存。唉！光阴似箭啊！

平 二○一二、八、十六

薯粉肉丸

們興奮得不得了。年夜飯一吃過，定姐馬上招呼傭人收拾碗筷，桌子一好，她就去書房叫父親：「好了！好了！快來推牌九呀！」父親便笑嘻嘻地出來。他是莊家，坐在上首。全家人都到齊，父親右首是大哥大嫂一家，祖母也坐右邊，定姐拿牌看牌；左首是母親、我與弟弟，我來拿牌看牌。於是父親拿出早預備好的二十塊大洋，並換就了一把小角子放在面前檯面上，看起來好大一堆錢。我和三弟算合夥人，把問母親討來的兩塊大洋壓歲錢放進一個馬口鐵製的香煙筒裡。為了討個吉利，我特用毛筆在筒上題了「賺錢筒」三個大字。

父親的書記員余仲陽，我們喊他余仲叔，還有燒飯大師傅、黃包車夫、三個女傭、大嫂用的奶媽……大家這會兒也齊來湊熱鬧，他們就立在自己認為可靠的一方後面，下幾個錢小注碰運氣。定姐素日機敏靈活，傭人們都相信她一定能贏錢，她的身後總是站了最多的下注人。玩牌最高興的時候是遇到莊家通賠。一片哄笑聲中，父親也微笑著把牌推開，一邊開始理賠。有時賠了錢卻沒人來取，急得眾人大叫起來。隨後，見李媽急匆匆從房間奔出，原來她另有小事要料理，下了注便抽空回房做事，不料「劍外忽傳收薊北」，自是喜洋洋。

此刻上廳裡電燈通明，大門亦是早早關好。所有人全神貫注看著父親重新把那三十二張骨牌疊好推出桌面，再擲骰子看點數，個個不由地嘴裡喊著「六下一」或是「五在手」。有時候，擲出去的骰子偏要和大家開玩笑，它就如同踮著腳尖轉圈的芭蕾舞者一般，支著一個角不停旋轉。於是一時四下寂靜，滿桌人都屏息看它，直看到這小小骰子因為地心引力的關係實在不能再轉，一頭傾倒在桌上，塵埃落定，現出點數來。

父親是永遠的輸家。因他贏了錢就絕不走，一定要把開莊的錢統統輸光才告結束。若是錢已輸光而時候尚早，他便再拿出十元二十元，直到輸光盡興。至於贏錢的是誰，我倒從未留心，只知道自己那個「賺錢筒」啊，是只有輸錢的份。

過年前數日，家裡必要炒幾盆素食，分量都很足——一名「小炒」，是將筍切成細絲，豆腐皮一類的素菜也一併切成細絲同炒；一名「骨子」，卻和骨頭無關，是豆干切成小丁，與筍丁同炒。初一那天，我家便不進葷菜。這倒不是要減肥，道理是初一吃了素，就代表一年都吃了素。而這兩道素菜也實在好味，後來我同美棠說起，原來她也都吃過，也都喜歡，特別是「小炒」。斷斷續續地，這兩道小菜可以一直吃到正月十五。

初一早晨，全家祭祖。父親帶頭，後面跟著大哥、我、三弟、慶曾等人，排成縱隊，每人手裡一炷香，由最後面的大廳一直走到大門口，各人向四個方向捧香作揖——稱為「出行」。然後將手中之香插在門前街沿、牆角之土地上。男人們總是要出門的，這一出儀式想來是在向四方神靈叩拜，保佑他們在行旅途中舟車平安吧。日後我從軍南北，又被命運安排在這裡或那裡，唯故鄉是幾十年未曾回，倚松山房也早已毀於兵燹。偶然念起當日插下的一炷炷香，當日的輕煙便是這樣脈脈地散入故鄉的清平歲月裡，帶著親人目光一樣的眷眷。

一九三八年的上元節，我忽地想要自己紮個獅子燈去參加燈會。

南城的元宵一般從十三日就鬧起。郊野的農民組織龍燈進城，一路敲鑼打鼓、踏歌而來，在縣城裡家家戶戶地巡演。城裡的住戶就在大門口放鞭炮「接燈」，鞭炮聲炸響，龍燈就舞起來，而後便派發紅包。

我那日買來竹片，自己破成細條，又買了細鐵絲和彩色紙。然後憑著想像，用竹條紮了獅子頭和獅子身，裡面各撐一根粗些的竹竿，供人操作。獅子的眼睛，我拿了兩個手電筒用的燈泡，再把電池固定在獅子頭裡的支杆上。掌獅子頭的人就要一手撐住燈，一手拿銅絲不時去接觸兩極，造出眼睛撲閃撲閃的動態燈光效果，這在當時可要算創舉呀。燈的外面是先拿白紙糊了底，然後把綠色彩紙剪成長條形的獅子毛，一層層地黏上去。我從早上一直忙到下午五點鐘，也兼著指揮調派三弟、大侄慶曾、外甥榮子和表弟細俚，不過他們實在還小，不算得力隊友。眼看天色暗下來，獅子毛卻還有小半沒貼完。正在著急時候，母親來我們房裡喊我們吃飯，看見這等情形，馬上前來幫忙貼獅子毛。母親自來手巧，又總能在危難中幫到我。我還記得小學四年級時，有一次學校出了美術功課，而我偏忘記做，下午又要交，也是這樣著急萬分的時候。母親見狀，拿了張紅紙來，並不畫樣，只用一把剪刀在紙上來回穿梭，一會兒竟剪下一幅蘭花來，又囑我「蘭花是王者之香，你就題『王者之香』四字吧」。這次還是多虧母親出手相助，獅子燈總算告成。

欢乐的除夕之夜

故乡南城民众过年时必备之菜
——“小炒”和“骨子”

母亲和我们一起紮狮子灯

母亲替我剪兰花

祖父饒芝祥，字符九，江西南城人（一八六四～一九一二）。光緒三十年（一九〇四）中二甲第三名進士，點翰林，官翰林院編修，四川道監察御史，湖北省主考（未赴任），享年四十九歲。我沒有見過他。此像是我根據幼年祭祖時所看到他的遺容，重新回憶而畫的。

祖母張氏，江西南城人，享年七十三歲。科舉时代講究的是「夫榮妻貴」、「封妻蔭子」。由于我祖父官居三品，所以她被朝廷封為「淑人」（一品稱「夫人」、……五品稱「恭人」……七品稱「孺人」）。這身「朝服」乃朝廷所賜，也是她畢生引以为榮的珍寶。朝廷中遇有喜事或庆典，一般召集五品以上官員帶眷屬前往宮中庆賀賜宴，都必須穿着朝服。我只看見过一次祖母穿這件衣服，那是在南昌，父親为她举办六十寿誕，大宴賓客，懸灯（花灯）结彩，她頭戴凤冠，身穿朝服，与我們全家拍照。她的朝服为深藍色，绣有金銀线的各种花纹图案。我好奇地摸了摸，又厚又重，穿上去僅有榮譽感，但未必舒服。

匆匆吃過晚飯，時間已近六點。我趕快分配任務：三弟撐獅子頭，他為人機警靈活，正可擔此重任；表弟細俚撐獅子身，他年紀和三弟差不多，個頭也差不多。慶曾和榮子一人拿一根竹板條，一半破成兩片，劈裡啪啦地搖著，走在獅子燈前面開道。我自己則遁入人群，暗暗尾隨，欣賞獅子燈的演出效果。

七點，天色暗，夜空晴爽。西街兩旁的店鋪無不是彩燈輝煌，人群密織，只留出一條道讓燈隊經過。鑼鼓聲和爆竹聲越來越近，燈隊魚貫而來。我擠在人群裡東張西望，眼看著龍燈、馬燈、採蓮燈、花鼓燈一一經過，終於等到今年唯一的獅子燈來了。慶曾和榮子揮動竹條開道，獅子的眼睛在後面忽明忽暗，很是有趣，交給三弟運作果然順利非常。

我跟著自己的燈行進。轉入北街，燈光漸漸稀下，人群也疏散許多。我們便也擇幾間大的店鋪進去表演一番，喊幾句吉利話。接燈的人按例當回贈些財物的，結果是，幾番巡演下來，我們只收到四五對小蠟燭，鈔票分文沒有拿到——而我買竹竿、鐵絲、紙張、電池還花去本錢數元，真真是一樁蝕本生意。

這年，我們自己家裡也來了一條大龍燈，一行有十多個人更兼鑼鼓和伴舞。龍燈在上廳翻舞著，爆竹脆響，煙火彌漫，燈光明滅，燭影搖盪。我沉醉在這帶點硝煙氣的絢爛裡，心知年節雖好也終要謝場了。喝彩過後，家裡封了紅包送給他們，這龍燈便歡騰著又奔別家而去。

八歲以後，我們舉家搬到南昌。十六歲那年，抗日戰爭爆發，南昌遭日機轟炸，難以久留。家裡為避戰火又遷回南城，我也回到南城的心遠中學念書。

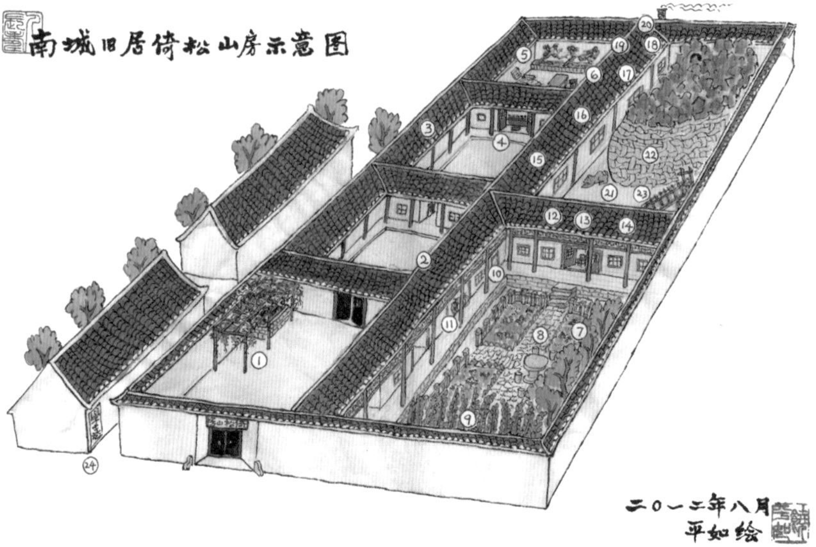

1. 葡萄架｜2. 祖母臥室｜3. 姑母一家｜4. 祭祖的堂屋｜5. 父親休息處｜6. 父親書房｜7. 小花園｜8. 石桌石凳｜9. 木槿（木槿花晾乾後，油炸可食，祖母非常喜歡吃。我也喜它清香可下粥）｜10. 我寫字畫圖處｜11. 小廳（停放自行車）｜12. 母親臥室｜13. 客廳｜14. 父親接待客人處｜15. 藏書室｜16. 我與弟弟的臥室與書房｜17. 佛堂｜18. 飯廳｜19. 父親書房｜20. 廚房｜21. 小狗名「幽默」（我家到廣昌避難時，它留在家裡日夜守候。日寇闖入我家，幽默向著鬼子大聲吠叫，被鬼子開槍射殺）｜22. 防空洞（為避日軍轟炸，我們自己做了一個防空洞，四周用竹片包住，上面堆滿泥土，裡面備有長凳）｜23. 水車（防空洞無法排水，只好用水車）｜24. 牆外一條無名小巷（後因祖父做了翰林院編修，巷子得名「學士巷」）

倚松山房是祖父購下的房屋。祖父芝祥公為光緒朝進士，授翰林院編修。我從未見過祖父，只進過他的書房，亦常聽父親講他少時的苦讀故事。書房牆上懸的一幅書法，字跡潦草，不能分辨上面寫的是什麼，唯有落款處能識得「襄陽米芾」四字，而絹面早已成了醬油一般的深色，那種歲月的醃漬至今讓我印象深刻。每年夏天，父親又會從書房搬書帖出去曬，神情與姿態俱是恭謹。去南昌時，家裡許多東西只能留著，但這些書父親放心不下，選了宋本元本之類同往。每年太陽最熾烈的時候，天井裡就鋪上門板，上面攤滿書和拓片。小孩子不懂行，只知道書是這世間的好東西。拓片也都很大，要展開再展開，方看見黑底白字，嶽飛的大字就暴露在晴朗日光下——那是「還我河山」。

南城有兩座古橋遙對，萬年橋和太平橋。倚松山房離太平橋較近，太平橋最好的時候是夏天的日落。薄暮時江上風大，我常與同學三五人在橋頭近東門處倚欄乘涼，聊天唱歌。祖父也曾歌詠這處風致：

太平橋下浪花浮，大富山頭日未收。
一霽暝煙沉樹裡，星星漁火出中洲。

十六歲的一天，我與往常一樣在太平橋頭吹風，忽然抬眼望去，看傍晚的天光瞬息幻變，從姑山就靜矗在這旖旎的緋紅色流光中。又低頭看腳下橋墩的尖角，只覺好像輪船削尖的船頭一般，上游的江水挾著草木的碎屑滾滾而下，至此則被劈開為二，隨後打幾個漩渦，終於渙渙地去了下游。我看得神迷，就在這晦暗不定的天色裡起了人生世界之思。其實也不過是常見的少年情志，卻讓我始終記得了這日。然後數十載人生傾瀉而下，在美棠走後，我於二〇〇八年仲夏回南城，特地又到太平橋。當時倚靠過的木欄杆如今也和橋面一樣砌了水泥。當時的橋頭靠近東門城牆的地方有一座頗為高大的茶樓，周邊聚集著人流和商賈，挑擔的、推車的、背負的，而今人與樓俱往。然而抬眼望去，還能看見從姑山的形狀與印象中少年時所見全無二致。低頭看橋墩，橋墩也是舊時模樣，橋下盱江水也仍是這樣滾滾地來，被尖角劈開，再被捲入漩渦，最後淙淙流去，心下頓覺得安寧。

山形依舊，流水澹澹，江月年年，星漢燦爛，原都不是為了要襯得人世無常的。

日机轰炸南昌

美棠

美棠和我早就因為家裡的關係而知道對方，不過那時也只是很淡很淡的。美棠的故事，都是日後她有時同我說起小時候我才知道。

但說起來我們早年也曾遇見過兩次——此景可待成追憶，只是當時我們各自是香夢沉酣的天真歲月，相逢也是惘然。

美棠剛到租界不久，有一次回老家南城探親，再回漢口的時候經過南昌，就同家裡人一起來我家做客。我記得自己拿了個不知道叫什麼玩意兒的玩具擺弄給她看。那個時候她十歲。

我們從南昌回到南城住以後，美棠也跟著家裡人來過一次，吃晚飯。而那天我已提前吃好了晚飯，急急忙忙要前往五里以外的謝家祠堂。那裡算是南城鄉間，祠堂更是涼快。所以有陣子晚上我就不在家裡睡，和要好的同學幾人約好在那裡乘涼聊天消夏。鄉下路上沒有燈，我要打個手電筒，走大約半小時的路。經過前廳的時候見到美棠。她那時候年紀還小，身量未足加上本就嬌小，家裡就在椅子上給她疊了小凳子，讓她坐在小凳子上吃飯。後來美棠告訴我，她也記得我的：「你拿了個手電筒，照照照照照。」那年她十三歲。

我拿出新买的玩具給美棠玩

我問過美棠，當時知道要和我訂婚時的情形。她還記得當時表兄毛貽蓀跟她講：「嫁給平如好哎！平如好看哎，平如的眼睛很漂亮哎！」

美棠家與我家算是世交。美棠的祖父白手起家經營中藥，創起一間「毛福春中藥店」，後來在南城買地買房，便與我祖父相識。美棠的父親接管藥店，謹慎勤勉，便又在老店之外開出新店來。生意多經營在福建與漢口，故美棠小時候倒是在漢口生活的時間最長。

因為主營中藥店的緣故，美棠還險些鬧出事故。她五歲那年夏天，因為自小體弱，岳母便拿了鹿茸給她吃。岳母並不懂醫藥知識，只知道鹿茸大補，不曉得它藥性燥熱，老弱體虛之人才可少量服用。美棠一個五歲小姑娘哪裡擋得住？結果服下不久便通體發燙，口鼻出

我的新玩具

请工人到家中制鹿茸

美棠误服鹿茸进行抢救

血，竟致不省人事。大夫問明情況，忙將美棠臥在泥地上，急囑人取來河底淤泥塗布全身，再內服清熱之藥。數日之後美棠才終於緩緩甦醒過來。

又一次岳母煮了碗燕窩讓小丫鬟端給美棠吃。美棠一嘗，淡而無味，一抬手就倒進痰盂裡去了。事情被丫鬟回報給岳母，氣得岳母還跑來打了美棠幾下，說：「我箝毛都花了大半天工夫！」她喜歡吃什麼呢？小孩子都一樣，愛吃油炸的、香脆的，不喜肥肉與蔬菜。她愛吃這些，便絕不肯吃別的，我的岳母又唯命是從，於是每餐都炸魚煎肉，每一片香腸都拿到陽光下去照著看，一丁點的肥肉都剔除了才給她吃，蔬菜則根本不上桌。這樣的吃法，終於又把她吃倒了，因為上火的關係鬧得咽喉發炎殃及肺部感染。幸虧這次岳母思想總算有了進步，把她送到漢口一家外國人醫院去就診，得以很快復原。但直到她八十四歲時因腎病就診上海華東醫院，醫生還能在X光片上看出她這兒時的病灶來。

美棠有個姐姐叫玉棠，幼年時候因為咽喉疾病誤服了過量的珍珠粉而致啞，岳父母送她去聾啞學校讀書和學習啞語。她為此是個很不快樂的人，除了上學就是待在家裡，從不出去玩，也不願見來客，對美棠更是總有幾分嫉妒。這本是很堪憐的，可美棠年紀尚小，偏偏不肯相讓，凡事要爭上風。她倆同睡一張床，晚上姐姐就在床單中間比劃出一條「軍事分界線」，大家各睡一方，不准美棠越界。美棠也不是省油的燈，她們各自有個裝零用錢的鐵盒子放在枕頭邊上，每次姐姐上學去，她就偷偷打開姐姐的盒子看看裡面究竟有多少錢，若是比自己少便無話說，要是發現比自己多，那便要去找父母吵鬧，定要加到數目相等乃至超過不可。

美棠每回私自溜出大門去玩耍，玉棠就會去父母那裡告狀：她用右手掌心向下在腰部附近按一按，表示「妹妹」，然後用左手食指向門外一伸，表示「她又溜了！」

君子愛財取之有道。小姐愛財呢？美棠因為喜歡找點刺激，據說常常還會去偷點岳父的錢。夜深人靜時分，她就從床上溜下來，赤著雙腳摸到父母房中。她熟悉岳父掛衣裳的地方，毫不費力就把鑰匙從岳父衣袋裡摸出來。她也知道哪一把是保險箱鑰匙，輕而易舉打開保險箱——大數目的錢不動，就從邊上一小疊銀錢裡抓上幾個放進自己衣袋裡，然後急忙關上箱門，撤回自己房間睡下。她只會開保險箱，關的時候就不懂得要鎖。次日清晨，岳父對岳母說：「哎呀！真奇怪呀！我怎麼這樣糊塗，昨晚忘記把保險箱鎖好呀！」她每聞之，就在肚子裡暗笑不止。

再說過年時候，岳父按例會給姐妹倆各十塊銀元。但是美棠不依，定要爭多一些。岳父毫無辦法，背地裡只好多給十塊銀元擺平她。初一至初三，許多同藥店有生意往來的人照例都會來拜年。岳父母叮囑美棠待在房間玩莫要出來。但哪裡管得住她？她伏伺在房間裡，從門縫裡一看到有客人到了前廳，立即就沖出去向人家拜年……客人們本也是有備而來，又知道岳父有此愛女，就紛紛拿出壓歲錢來給她，少則兩塊，多則四塊乃至十塊。我算一下，過一個年，她想來可以賺上不少。

美棠家門外弄堂口有家水果店，老闆對弄堂內各家情況十分熟悉。她每天經過水果店，想吃什麼就拿走幾個，老闆就把帳記到他的「摺子」上，月底去岳父號上結帳。當時的商鋪對長期顧客往往以此法。所以美棠煞費心機存下許多零花錢，其實是毫無用武之地，但她就是願意存著玩，存著暗中和姐姐比，存著高興得意。

美棠上小學了，在當時漢口一間教會學校，叫「輔仁小學」。岳父母不放心她單獨行動，就用了一個比她大了五歲的丫鬟陪同。美棠在教室裡上課時，從視窗看見丫鬟在校園裡一會兒蕩秋千，一會兒又溜滑梯，著實快活，心中十分羡慕，但亦無可奈何。放學後兩人便一同回家。據美棠說，這名丫鬟勇敢而機智。在回家路上，有時會有些不知誰家的孩子來惹事欺負美棠，丫鬟每到此時便直接拔拳相向，打得野孩子們落荒而逃。

她天性聰慧又好勝，但是每次全班考試，始終只能落得第二。原來班上有位姓傅的女同學，比美棠大兩歲，讀書更是刻苦非常。美棠拿不到第一，為此耿耿於懷，多少年後同我說起，臉上還是帶點懊恨之色。

美棠幼时夜间“偷”钱图

水果店
二〇〇九、九、十六、平如
平

此丫环的名字美棠曾告诉过我，可惜我现在记不起来。她勇敢、机智。在回家路上有时会出现一些野孩子来惹事，欺负美棠。此时丫环便拔拳相向，打得这班野孩子落荒而逃。

十歲時候，某日她跑到岳父商號裡去玩。帳房先生正在寫郵包，就問她：「你會寫字嗎？」她忙答：「會。」「那這個郵包你來寫好嗎？」「好！」於是她坐上專門為她架起的小板凳，就在眾目之下把包裹上的地址全都填好了。眾人乘機齊聲誇讚，惹得岳父得意非凡，連說要讓她把書好好念下去。

輔仁小學的校園裡，以彩色地磚鋪設了一條專門的路，其中再以另一色的地磚代表優雅步伐的落腳點——美棠每天課餘就去這路上走來走去，以期長大以後也能做成窈窕淑女一名。

抗日戰爭爆發後，輔仁小學遷往內地，也有些學生隨校內遷。美棠的父親不願同漢奸與日本人做生意，乃關閉商棧錢莊，一家搬到漢口的法租界裡生活，美棠則轉入租界內一所私立學校就讀。

起初，美棠一家是向一個販毒致富的臨川人租了一處房屋，但此人為人刻薄慳吝，時常要來視察房子，又挑剔說這里弄損了，那裡折壞了。岳父氣極，就乾脆自己設計建造了一幢兩層樓房——他用紅磚砌成的圍牆特別高，故屋裡的光線與通風俱不佳；大門造得特別厚，上面加的鐵鎖鏈也格外粗。進了大門還設了一座小的照壁，這樣即便平日偶爾進出時開門，從屋外也難見裡屋情形。照壁的內面，貼了一個很大的「福」。外面戰火連綿，一座磚牆便是建得再高再厚又能擋得這風雨中的時局幾何？但他守護一家老少八口的苦心如此。

租界內生活費用昂貴，一擔水都要賣到大洋兩元。租界當局又規定，每日規定時間內可用大龍頭免費供水，但需排很長的隊伍。美棠便叫岳父去買了幾只大水桶，她跟著大水桶排隊，又讓傭人每隔些時間前去觀察，看她排到差不多的時候便來把盛滿水的大桶拎回家。

在新的學校裡，美棠認識了她頂要好的女同學，劉寶珍。寶珍的父親精於樂律，做過梅蘭芳的琴師，家裡雖無實業，亦富有錢財。那時寶珍的父親帶著她的妹妹住在香港，寶珍則隨母居於漢口。她的母親頗有江湖氣派，一個女子在漢口經營著一家旅館——名為「鐵路飯店」，又開一家跳舞廳，還開著一家百貨商店，名為「雲裳公司」。美棠和寶珍都在十四五歲愛玩的年紀，兩人就常常跑到寶珍家的舞廳裡去跳舞，把交誼舞跳得精熟。她們一同上公園，逛商店，進餐館，看電影；又買同樣的衣衫、同樣的鞋襪，再著這同樣的衣、同樣的鞋一齊去照相。寶珍結婚後還常邀美棠去夫家蕭家玩，使得後來蕭家的老四對美棠頗有好感。蕭母亦喜她聰慧秀媚，常找些藉口要美棠幫忙做些簡單的線繡聯絡感情，寶珍更巴不得此事成功。所幸，美棠對這個老四並不看中，岳父母也不想女兒嫁到外省。

2009.9.16.

抗日战争爆發

一九三七年七月七日，日本军国主义者悍然发动"七、七"芦沟桥事变，爆发了全面的侵华战争。战火不久就燃烧到汉口。日机在汉口狂轰滥炸，汉口随即沦入日寇魔掌。岳父是个爱国、正直的商人，不愿与敌伪、汉奸等做生意，乃将商栈、钱庄关门歇业，携着一家老小，搬入汉口的"法租界"，因此处比较安全些。

起初，系向一个临川人租一幢房屋。此人靠贩毒致富，是个暴发户，为人刻薄、吝啬，经常来屋观察、说这里弄坏了，那里又弄坏了……岳父气极了，便不住他家的房子，干脆自己设计、建造一幢两层楼房，外面用红砖砌的围墙特别高，故光线、通风都不佳，大门特别厚，铁锁特别粗，其特点就是谨慎与安全。右图为岳父在法租界所建房屋的示意图。在兵荒马乱之际，家中又无壮年男子，为了家中妇孺的安全，必须千万小心，不能有半点疏忽，此乃岳父当年之苦衷也。

法租界里的生活

輔仁小学此时已迁往内地，有些学生随校内迁，美棠乃转入租界内一个私立学校就读。岳父母家人口已增至8人，再加上女佣、奶妈等，生活负担日渐加重。

当时租界内生活费用日昂贵，一担水要二三角大洋之元。租界当局每日规定时间一回用大龙头免费供水，但需要排队接水。美棠便叫岳父去买几只水桶，她跟着水桶排队。女佣人则隔些时候前去观察，到差不多的时候，女佣便把盛满水的水桶拎回家。美棠年纪虽小，却已懂得如何设法为家庭节省开支，来度过难关了。

▲美棠排队接水图

MUS
2009.9.25.平如

抗戰八年，岳父家就在租界裡坐吃八年，家計漸緊。抗戰勝利後，岳父一人重振旗鼓留在漢口做生意，而把家眷都送往臨川。一家人雇一艘民船，把一些傢俱都帶了回去。臨行之際，蕭母殷勤請美棠吃飯，問道：「以後還會來漢口嗎？」美棠說：「還會來的。」次日清早，寶珍一人來到江邊送別美棠。她倚在一棵樹旁，和美棠互相揮手告別，八年形影不離的小姐妹就此分開。直到船隻漸行漸遠，岸上景物漸漸模糊不辨，美棠還看見寶珍立在岸邊不肯離去。

這一年，美棠將近二十歲，岳父每賺了錢就寄回臨川家裡——美棠開始當起這個家。

江邊送別圖
二〇〇九年七月

二　從軍行

——在炮火聲裡我開始靜靜地想：
這裡也許就是我的葬身之地吧？

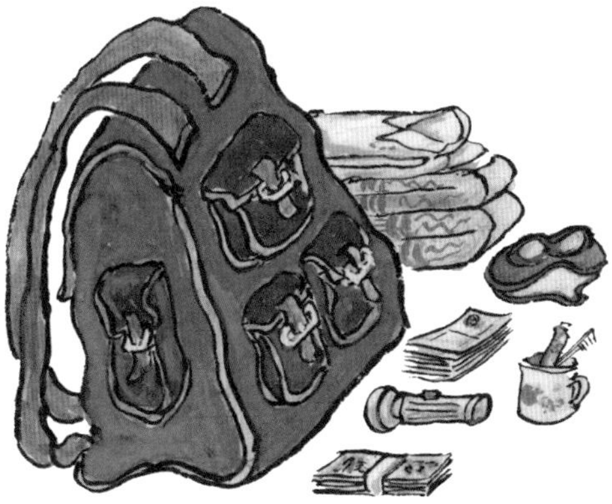

倭寇侵華日，書生投筆時。
毀家紓國難，大義不容辭。
封侯寧有種？搗穴好旋師。
功成兒解甲，宜室拜重慈。

——父親臨行贈詩

月明高掛碧雲天，報國丹忱志亦堅。
親老不需勞爾念，平安望寄薛濤箋。

——母親臨行贈詩

碎裂山河恨不平，東南處處有啼痕。
十年磨礪青鋒劍，壯志何愁事不成。

——平如自題

一九四〇年，抗日戰爭進入第三個年頭。我在心遠高中念到高二，時年十八，漸漸懂得國恨家難。這年七月，中央軍校十八期一總隊正在上饒招生。我遂與同學D君、L君、R君徵得父母同意後，一齊前去報考。

一行四人先至上饒，住在當地一家老字號的中藥鋪——德長怡。店主老伯是D君親戚，待我們親如子侄。我們食宿都在店中，住了有一個月光景，終於迎來了軍校的考試。

考試為期兩天。第一日實為體格檢查，量身高，測體重，聽心跳，看五官，查色盲。第二天筆試，上午國文，下午數學，題目不難。中午發兩個肉包子作午餐，當時的我覺得相當滿意。

過了個把月，中秋節將至，我在家門口收到了軍校的錄取通知書。一問之下，D君和L君也錄取了，唯R君因視力欠佳而被淘汰。

我興致高昂，馬上著手出發準備。先去裁縫店定制了一個超大的童子軍式綠色帆布背包，還特意在背包靠背的一面用白布設計製作了四個美術字——「長征萬里」，寓意好男兒當乘長風破萬里浪。又買了手電筒、防風眼鏡、一些日用品和兩百張明信片，以便隨時寄給家裡。母親給我準備了羊毛毯和隨身衣物，父親給了我二百元旅費。臨行，母親說要留個影作紀念。父親和母親都作詩贈我，我亦作一首自勉。就這樣，我出發了。

我们4人来到上饶，住在当地一家著名的中药店里。店名"德长怡"，店主江家瑜老伯是D君的亲戚。他待我们亲如子侄，非常热情，关怀备至，食宿都在店中，时间长达一个月（包括报考以及后来报到等），此情至今难以忘怀。

军校考试为期2天。第一天体格检查，很简单：量身高、体重，听听心跳，看看五官；没有量血压和验血这一套。但当时有一项检查是很重要的，即：检查色盲。方法是：给你看几页由许多淡色彩的小圆点所组成的画面，其中"藏"有数字图形，你如能正确读出数字，便说明你没有色盲。有色盲的人不能录取。

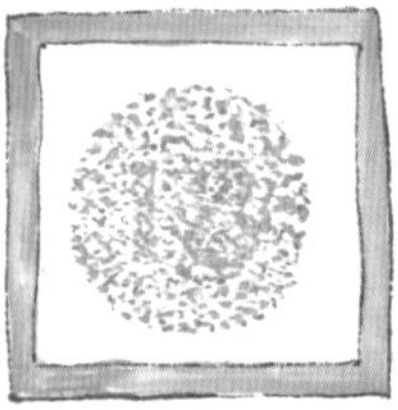

检查有无色盲的画面

第二天笔试，在一间厅堂里举行。上午国文，下午数学，题目不难。中午，每人还发两个肉包子作为午餐。我当时觉得相当满意。

过了个把月，我在家门口收到了军校的"录取通知书"，我非常高兴。同时得知：D君和L君也被录取了；只有R君由于眼睛欠佳而"名落孙山"。

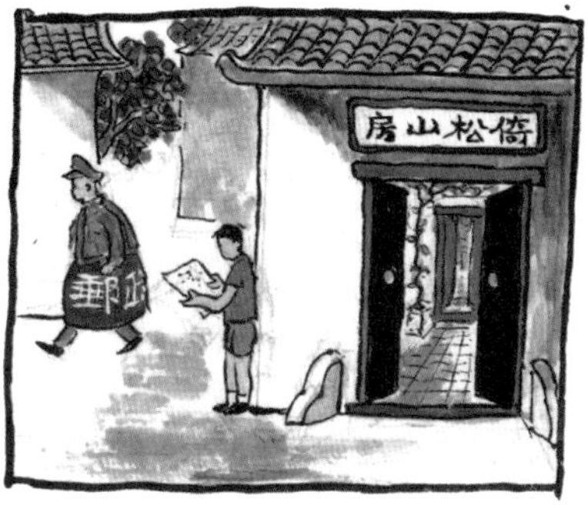

我积极作出发前的准备工作，在裁缝店定做了一个相当大的、绿色帆布的"童子军"式背包；买了200张明信片以便随时给家中发信；还买了手电筒、防风眼镜以及一些必需日用品。母亲给我准备了羊毛毯和随身衣服，父亲给我200元钱作为旅途中费用。我还特意在背包的另一面用白布设计制作了四个美术字——"长征万里"，表示好男儿应该有"乘長风破万里浪"的豪迈气概，奔赴抗日救国的征程。

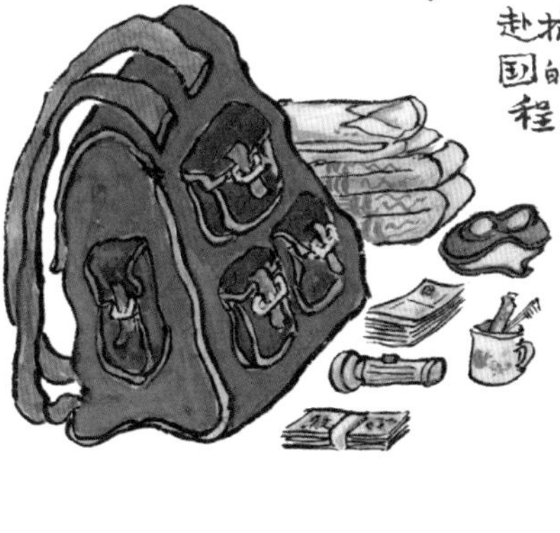

倚松山房
平

赴上饶报到时，在距鹰潭还有30里的地方翻车

报到后，在上饶市区外的一个大祠堂里集中

就在將要赴上饒報到的時候，L君被家人勸阻再三，最終決定不去。D君與我二人搭上一輛裝滿子彈箱的軍車前往鷹潭。這司機因喝了點酒，在中途被憲兵檢查站的人批評，心中頗有不滿，開車時愈發東倒西歪起來。就在距離鷹潭還有三十里的地方，突然車身就向右翻倒了。當時我坐在車的左側，D君坐在右側，車子一倒，他就被壓在了子彈箱的最下面，吃了大苦頭。我卻壓在子彈箱上，只擦破一點皮。D君精神至此大為受挫，到了上饒後決定不去了。於是到最後，只有我一人去了軍校招生辦事處報到。

抵達上饒，為等候浙江金華和安徽屯溪兩個考點的同學，我們在上饒市區外的一個大祠堂裡集中，住了又有半個月工夫。門前的土坪平日供我們開飯，溪流在側淌過，我們在那裡洗漱。不過，大部分時間我們都上街去遊玩吃喝，很少回來吃包飯老闆做的滋味寡淡的大鍋飯。

九月下旬，我們正式出發了。按規定，通鐵路的地方我們可以搭火車，但只限於貨運火車；如遇公路則必須步行。我們搭火車到達湖南株洲那天，正逢夜雨滂沱。我睡在一節裝滿大木頭的車皮上，用一塊黃色的油布遮蓋著毯子，因為心裡覺得新奇有趣，睡得十分香甜。

當時的湘桂鐵路只通到廣西宜山。從此我們即開始步行前進。我們這批學生有二三百人，由一個姓周的軍官帶隊，出發前按照大家自己的意願編成小組，每組推舉一人為組長。姓周的與小組長聯繫，通知次日的宿營地，隔個兩三天發放一點微薄的伙食費和草鞋費，自己則買了一輛新的自行車，騎上就跑了。各組派一個「打前站」的先走，為的是給

自己小組安頓睡覺的地方並張羅飯菜，其餘的人就三五成群自由前進。

兩百元的盤纏很快被我用盡，沒辦法之際，我只好擺攤賣掉了羊毛毯和手錶。

到了貴陽，一日，我打前站去一戶人家廚房裡做午飯。說是要做飯，卻完全不知從何下手。年約四十的房東太太見狀忙上前來，搶過我手裡的傢伙開始燒飯。我看著她放米放水，又用一個小陶瓷缽蓋好，然後抓起茅草點燃了放進灶裡，一會兒大火，一會兒小火，一會兒又滅火來燜。我謝她，她卻怔怔地看著我說：「我的兒子跟你一樣，也到軍校去了。」

四個多月以後，在一九四一年二月六日，我們終於到達了成都校區，一個人都沒有少，和全國各戰區招考的學生一起，共約兩千人組成了十八期一總隊。

学生们沿公路向指定的宿营地走去

进入黄埔军校的校门

入伍生训练

砲科訓練

為期六個月的入伍生訓練開始。大家被剃了光頭，我編入步兵隊，在郊外草堂寺訓練。

十八期一總隊共有六個步兵隊、兩個騎兵隊、兩個炮兵隊、兩個輜重兵隊和一個通信兵隊。入伍期滿後根據大家意願分科。我仰慕拿破崙，報炮科。然而炮科報名的人也多，所以要考解析幾何、三角函數等數學科目。我數學可不好，但背功好，便把考前複習資料裡的題目背了下來，果然考試考了一樣題目。這樣，我如願考上了炮科。

一九四三年二月，十八期一總隊就要畢業了。就在這個時候，我接到了母親已於一九四二年秋過世的家書，悲痛難抑。在畢業志願報名冊上，別人都選擇裝備優良的部隊，我只選擇了第一百軍，它駐在江西永豐。無論如何我都要先回家一趟祭奠母親，以後再上戰場殺敵，則戰死無憾。

我依計畫先回了南城，與三弟去麻姑山中祭拜母親。

逗留半月後即赴一百軍報到，此時一百軍已在湖南瀏陽。

一九四三年十一月，常德會戰，一百軍奉命前往解圍。某日，抵達益陽附近的金蘭寺，在一個祠堂稍作休整後即前往三四里路之外的戰地。四周機槍聲越來越迫近，我們進入陣地後立即向日軍佔領的山頭發起攻擊，雙方激烈交火。直到下午四五點鐘，槍炮聲稍止。我排裡一個送飯的炊事兵見平靜無聲，便到陣地山頭前探頭探腦向對面山頭窺視。只聽一聲槍響，他被日軍的狙擊手開槍擊中腦袋，當場倒地陣亡。我只記得他姓任。

這是我第一次與日軍作戰。

一九四四年六月，衡陽會戰，一百軍奉命前往解圍。部隊行進至距衡陽四十里開外的四塘，先頭部隊遭日軍阻擊，後續部隊站在公路上原地待命。自上午八時起，一直等到下午四五點鐘。烈日之下，我漸覺口渴難忍，便在身邊的稻田裡用搪瓷杯舀了滿滿一杯污黃渾濁的稻田水喝下肚，隨即吃了兩片生大蒜。倒也未有不適，只是這滋味一生難忘。

常德外圍之战

衡阳外圍喝稻田水

一九四五年夏，湘西會戰。

戰事起於四月九日，止於六月七日。四月十九日上午，我在一個名叫「魚鱗洞」的山上看見對面山上有大股日軍正在向芷江方向前進，有騎馬的，有坐轎的，還有坐滑竿的，距離一千公尺左右，在迫擊炮的有效射程之外。於是我違反操作規程，將兩門炮架到陣地前的山坡上，直接瞄準敵人突然發射了一百多發炮彈。只見對面山上黑煙直冒，轟轟巨響，日軍猝不及防，因摸不清我方有多少兵力而只能躲避，無法還手。發射完畢，我即把兩門炮帶回山後，在一間小民房裡休息。到了晚間，對面山上一個老百姓跑來向我們報喜：「上午的炮打得好，打死打傷鬼子總有七十多個，裡面還有一個大隊長啊！」

第二日上午，我又見日軍在對面山上行軍。當時年輕，我未加思索，便又在昨日陣地上架炮突襲。然而這次敵軍已有準備，我們剛發射兩三炮，日軍的重機槍便掃射過來，小鋼炮亦開始轟擊。這次我們完全暴露在敵人的火力下，處境被動。我便下令拆炮臥倒。彈炮雨點般掃來，忽然一聲慘叫，在我右下方十步左右臥倒的四班班長李阿水被炮彈擊中，片刻工夫即犧牲。我抬頭望天，見天空晴朗，雲影徘徊，又馳目四面，四面全是青山。忽然，就在炮火聲裡我開始靜靜地想：這裡也許就是我的葬身之地吧？有藍天，有白雲，有莽莽青山，死得其所啊。

湘西会战中我对日寇突然袭击

山头受困，九死一生

敵人掃射一陣，見沒有動靜便停止下來，我們便向前躍進。敵人見有動靜，繼續開火，我們也隨即臥倒。如此躍進數次，終於回到山頂，得返山後駐地。晚上，兄弟們帶了鐵鍬，就地掩埋了李阿水。他也才二十歲出頭，我記得是寧波人。「埋骨何須桑梓地，英雄到處是青山。」

過了幾日，我們追擊日軍，一直到了觀音山。日軍逃跑時，會派小部隊在最後面作掩護，我們追擊途中，每遇要隘或叢林，往往會遭遇襲擊。

日軍撤退多在夜間，沿途把筆記本紙張撕成碎片丟在路旁，以便落在後面走散的兵士沿此路趕上大部隊。我們追擊時，亦追隨這些線索。

追擊途中如果路過村莊，總會聞到惡臭。因為撤逃過程中，日軍糧食漸盡，路過村莊便殺牛作為口糧。牛的殘骸在酷暑之中很快腐爛，惡臭難聞。

那日上午九時許，部隊對觀音山發動攻擊。日軍在山頂留有小部隊。我在對面山上架好迫擊炮，距離不到二百公尺。先炸山頂。半小時後，步兵登山，我延長射程，阻斷敵人後路。

山勢陡峭，登山殊不易。直打到下午五時，三營七連二排的趙排長一人率先登上山頂，一手就抓住眼前那個日軍機槍手的槍桿子。這時機槍手左邊一個步槍兵立刻向他開了一槍，子彈從他頭側擦過，將他擊倒在散兵坑裡。當時如果能有一頂鋼盔他就不會犧牲，然而我們的官兵裝備太差，有的都只是布帽。

日军逃窜时留有掩护部队

敌军逃窜时沿途丢纸片

追击途中恶臭难闻

攻占观音山时的瞬间所见

五六分鐘以後，我帶著迫擊炮排也登上觀音山頂。日軍已潰逃，狹窄的觀音山頂空餘幾個散兵壕。壕中有一具滿臉鬍鬚，胸毛袒露的日本兵屍首。地上滿是彈殼，山頭左側躺著趙排長，腳邊即是敵人屍首。我略一回顧，見此時千山環翠，萬籟俱寂，硝煙未散，殘陽滴血。但忙又急速下山，繼續追敵。

一九四五年六月上旬，日軍在湘西會戰中敗局已定，殘部退至邵陽城內，堅守不出。

邵陽城西門外三公里有一處高山名「大山嶺」，地勢險要，日軍在此築有嚴密工事。六十三師一八八團追擊至此受阻，對峙已近半月。七月上旬，軍部命令一八九團派一個營攻擊大山嶺。我的炮排奉命作戰，盟軍飛虎隊亦有二十架戰機助戰。

早晨六點，迫擊炮進入陣地。八點，飛虎隊戰機來了，我方人員擺白板為他們打信號。戰機開始投擲燃燒彈，又盤旋俯衝掃射。山頭火光沖天，日軍埋伏在工事中毫無動靜。迫擊炮連為步兵打前陣，我們先發了一百發炮彈，然後延長射程，步兵一個排三十多人開始仰攻。攻不上去。日軍單兵素質很強，近距離射擊更是做了充分準備。中午，我被請到營長處。原來他被上峰下了命令，說如果下午攻不下來，就提頭來見。「小老弟啊！一定幫幫忙啊！」他吃著南瓜和鹹菜做成的簡陋午餐對我說。

直到下午四五點鐘，山頭還是未能攻下。遠遠地，我可以看見攻山的步兵裡有十餘人匍匐在山坡的草叢中，從中午至現在，有一位穿的還是從日軍身上扒下的白襯衫。他們一動不動，早已陣亡。這時距離抗戰勝利只一個多月了。

二〇〇八年，次子申曾陪我重回當年的戰場，重新登上當年未能攻下的山嶺，日軍的戰壕今猶在。我為當年犧牲的戰士肅立獻花，他們倒在這裡，也許沒有人知道他們是誰，也許沒有人知道他們犧牲在這裡。

此戰過後，我們仍駐守邵陽城外。到八月十三日，消息傳來，大家知道投下了原子彈。緊接著日本宣布無條件投降，一八八團亦派使者去邵陽城內受降。官兵們一片歡騰，老百姓組織起了大遊行。

我們勝利了。

平如
2010.10.24.

三

點絳唇

在遇到她以前我不怕死，不懼遠行，

也不曾憂慮悠長歲月，

現在卻從未如此真切過地思慮起將來。

戰事結束，一九四六年春，我時年二十五，在八三師六十三旅炮兵營任中尉觀測員。部隊駐守在江蘇泰州。夏天，炮兵營移駐泰興。這時，父親來了一封信，大意是弟弟兆掄近期將要結婚，望我能回家參加慶賀，同時也希望藉此次回家機會，把我的婚事談好。

我的婚事，其實也已談起多年。起初我剛從軍校畢業時，也曾途經贛州，父親當時在贛州參府前街租了兩間房，執行律師業務。隔壁鄰居是個南城同鄉，經商為業，他有一女。父親和姨嬸就有意安排我和他們父女倆同桌吃了一餐午飯。我只記得女孩子臉圓圓胖胖的，別無其他印象。

也是那年夏天，我回鄉祭祖，父親和我一起回到南城。父親有位世交，是名中醫，名謝厚祖。他有幾個女兒，其中有個正在念高中的想介紹給我。而我覺得，我即將去部隊、上前線，不是談婚姻的時候，所以也拒絕了。

至於現在，抗戰已經勝利，父親重提婚事，我覺得看看也好。

那時，部隊裡請假殊非易事，需經旅長批准，而批准的可能性微乎其微。我的炮兵營營長劉恆鑫為人爽直豪邁，得知我的事，主動表示願意自己承擔責任，不報請旅部放我回家兩週。

營部裡幾個年輕人平素與我玩得甚好。他們是軍需孫漪、副官葉蔭民、軍械員彭善和、被服朱寶慶。營長劉恆鑫與彭善和、朱寶慶一九四八年時均去了臺灣，彭曾自臺灣給我寄來我們幾人穿軍服的合影，而我自己所留的著軍服照片則早已燒毀。大家談得投機，常結伴去泰州街上遊玩，上浴室洗澡，下館子吃東西。臨行前夕，大家備了酒菜給我餞

离开泰兴，踏上回家旅途之早晨所见

行。我也喝得醉陶陶的，倒頭便睡著了。次日清晨，我匆忙整理了一些簡單的行裝，帶了一些盤纏和營長送我的戰利品——一把日本軍刀便出發。想不到忙亂之中還把靴子穿錯了。原來營長曾送我和營部軍需孫漪每人一雙深黃色的短筒皮靴，是在皮鞋店裡定做的，款式完全相同只是孫漪的稍小些。我走出營門後才覺出右腳有些擠痛，但也只能硬著頭皮上路，顧不得那麼多了。

走到泰興城南門，初陽方照大地。街上全無行人，只有城門口守著兩名衛兵。多年戰亂已令這座城市樹木稀少，四顧蕭條，唯見近處土色的城牆和碉樓，遠方灰濛濛的道路和房屋輪廓，在淡黃色的陽光下現出一片昏黃。正是「廢池喬木，猶厭言兵」。

我依計畫去鎮江乘船，赴江西九江。到達鎮江時近晚上八九點，碼頭強烈的燈光映亮夜空。我順著石級一路下行，登上一艘開

晚间走下镇江码头，登上开赴九江的大轮船。

赴九江的大輪船。七月裡天氣燠熱，大多數乘客不願進艙，或坐或臥，提著行李鋪蓋在甲板上吹涼風。我不喜混雜在哄鬧的人群裡，就進船艙找了個鋪位休息。猶憶船舷邊有一個圓形的小視窗，隱約還聽得到甲板上小販在叫賣食品，而我想是疲累，很快就睡著了。

船至九江，再轉南潯鐵路抵達南昌，然後直奔陳家橋十八號。假期不長，父親抓緊時間，第二天就拉了我坐長途車去臨川。抵達的時候天色已晚，父子二人便投宿一家「高陞客棧」。住定，父親方向我介紹起親家的大致情況，大抵是說毛思翔伯伯是他的摯交，家道亦殷實等等。次日，我們就去了美棠家。

屋子很大，我走過第三進的天井，正要步入堂屋時候，忽見西邊正房小窗

正開。再一眼望去，恰見一位面容姣好、年約二十的小姐在窗前借點天光攬鏡自照，左手則拿了支口紅在專心塗抹——她沒有看到我，我心知是她，這便是我初見美棠之第一印象。天氣很好，薰風拂面，我也未停步，仍隨父親進堂屋。思翔伯與伯母出來迎接，接著就叫了美棠出來與我見面。稍歇了一會兒，父親便取出一枚金戒指，大約是母親生前早已備好了的，交給思翔伯。思翔伯也隨即就把戒指拿給竹床上的美棠，又給她套到手指上——我倆的訂婚便是這樣完成了。

第一次看到美棠时之印象

父親將訂婚戒指交給思翔伯。

我們入席，吃飯交談。思翔伯殷勤地勸我們多吃雞湯，又隨口問我：「吸煙嗎？」「喝酒嗎？」我都道不會。其實酒我倒是喝的，但此時情況特殊，不必回答得過於仔細為宜。他連說：「那很好！那很好！」

趁父親與思翔伯話舊，我往四周再看了看。看見美棠和那年十二歲的幼棠坐在竹床上，其餘三個小傢伙——舜棠、小棠和愛堂就聚坐在邊上幾個小板凳上，驚奇地打量著我。

天色將暝，父親告辭回高陞客棧，次日便返南昌。我則留下來和美棠談談心，又逗這群小孩子說笑玩耍。美棠取出一大包從前在漢口拍的照片給我看，大大小小很多。我從裡面選了一些帶在身邊。其中有一張十二寸的彩照，是她自己最得意的，我就準備帶回部隊以後縮小再加印，分贈給戰友。

美棠其時看起來頗消瘦。一問才知道，原來她前不久患上瘧疾，最近幾天才剛剛好。雖是大病初癒，她興致卻也很高。美棠很喜愛唱歌，就拿了幾張報紙捲成圓筒形狀代替擴音器唱，唱的都是流行歌曲：〈花好月圓〉〈鳳凰於飛〉〈夜來香〉〈莫忘今宵〉〈滿場飛〉〈特別快車〉……唱了好多首。

晚上我就留宿在美棠家，彭姐和蓮發姐幫忙料理住處。蓮發姐是美棠表兄余修安的妾，這會兒因為跟正房冬雲姐吵了嘴而過來暫住。她們幫我在東邊正房裡擺了一張竹床，添了枕簟，床邊點了蚊香。後來美棠和我講，那天蓮發姐還特地去告訴美棠說：「我還給他在枕頭上灑了很多花露水哩！」除此以外，房間裡空空蕩蕩，夜裡我躺在空房間裡回想日間所見，心裡卻不能平靜。美棠家此時在臨川租住了這處房子，因為美棠的舅舅李元馨

是位名醫，岳父母這時都已年過半百，為了看病問診方便才特意租在了舅舅家附近。美棠沒有兄長，後面卻有一串小鬼頭等著長大，我如今作為半子之靠，要怎麼樣才能幫著照料起這個家，把小孩子們都帶大成人，責任可不輕。

第二日一早，我四處轉轉，把周圍環境摸得更熟了些：西面正房是岳父母所居，後面好幾間房供家裡人住。客廳的臺階下是一處天井，天井東西各一間廂房，東面廂房堆放閒置用品，西面廂房則住著美棠的胞姐玉棠。那個時候她已二十四歲，兼有其他疾病，加上心裡不樂意，便一人住在這屋裡養病。我不知情，走到這邊便推開了玉棠的半邊房門往裡看，但見她一人面壁而臥，瘦弱不堪，床上零亂，身蓋一條薄被，被面燦然繡著紅花。我不忍再看，掩門退出。

天井後有一道隔牆，東面開了一扇門，走進去便是一處小花園。園東南兩面靠牆均設回廊，西北兩面則是粉白牆壁。園中遍植花草，又擺了魚缸石凳，很添趣致。中有一棵長得壯盛的柚子樹，所結的柚子他們告訴我是能吃的。庭院看來也並非精心打理，地上不乏雜草亂石和些碎磚，岳母養的十幾隻雞就在園中跑來跑去。

临川美棠家住宅之示意图

1. 進門處｜2. 方桌餐椅｜3. 竹床｜4. 小板凳｜5. 岳父母住室｜6. 家人住室｜7. 空房間｜8. 小天井｜9. 玉棠病室｜10. 貯藏室｜11. 後院回廊｜12. 柚子樹｜13. 雞群｜14. 金魚缸

第三天，大家都動身去南昌，一起去參加三弟兆掄的婚禮。到了南昌，岳父母入住江西大旅社，美棠則住到了定姐的婆家，因離我家比較近。她每天一早就到我家來，相幫家裡做點雜事。到了三弟結婚那日，一屋子女賓圍著新娘子看她打扮，而美棠自小喜歡琢磨美容、捕捉時尚，這時就上前幫新娘子梳頭化妝，又為首飾搭配出出主意，周圍觀看的女賓都對她讚個不停。

在南昌的那幾日，白天她在家裡幫忙，每吃過晚飯，我便和她去南昌當時最繁華的兩條街，洗馬池和中山馬路。其間名牌商店林立，賣的都是時髦商品，又有各色的小吃店。說繁華，其實那時的馬路上全沒有車輛，是只有往來行人織成的人間世相。

美棠和我就信步閒逛，或者買點喜歡的小物件，或者吃點小食。

1946年夏天，南昌繁华路段的街景

南昌著名的点心——吊炉烧饼

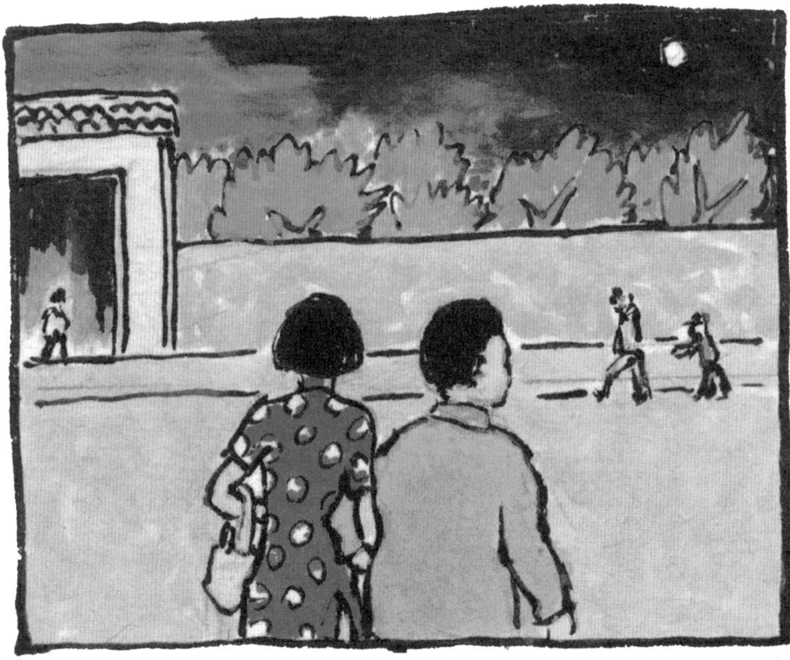

美棠和我常到湖滨公园去乘凉

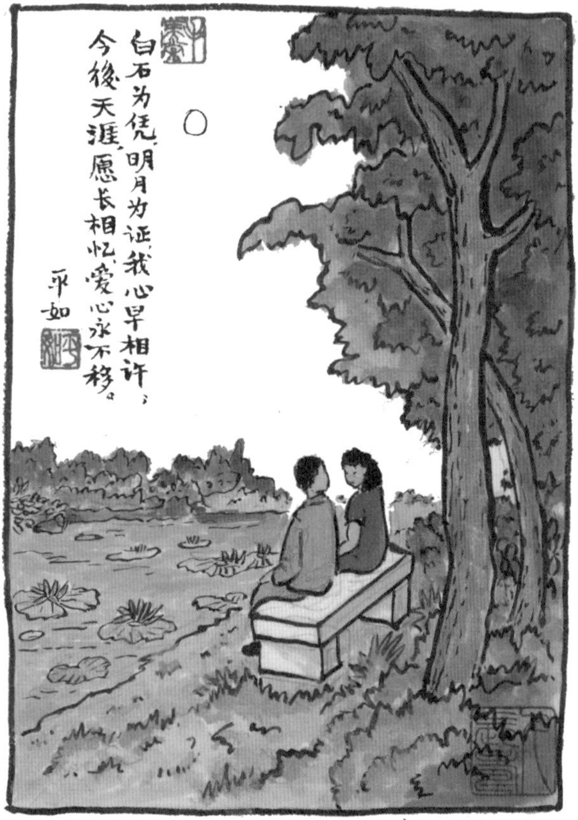
白石为凭，明月为证，我心早相许，
今後天涯，愿长相忆，爱心永不移。
平如

1946年夏天的南昌湖滨公园

在四照楼露天茶座品茶

洗馬池以東因為沒什麼商店，人群一下子疏少下來，但一路走去有湖濱公園。湖濱是指那裡一個很大的東湖，中有湖心亭，湖畔古樹蔽天，藤條纏繞。我們每每夜遊，就愛看幽幽的蔭翳裡透射出的路燈光亮，當時觀之竟似有奇趣一般。園中還設露天茶座，是特別闢一塊地方，將一串串的彩色燈泡點綴在花叢草木之間，而在草地上置籐椅茶几，供應清茶。美棠和我就在這裡閑坐清談，總到夜深。

又一次，是定姐夫婦和姐夫的大哥羅鏡清邀我和美棠到四照樓喝茶。那是南昌當時最聞名的茶館，本是兩層樓宇，到夏天也增設露天茶座，也是一樣的籐椅茶几與彩色燈泡，而供應的茶水與甜點多一些。我們談天喝茶吃點心，清風徐來，恍惚不覺得有時間走過。臨走時本來説好是大哥羅鏡清請客的，我還搶著付了帳，大概是兩塊大洋。美棠總拿這件事笑我不通人情世故。

三弟婚事既畢，我的假期也將結束。美棠隨家人同返臨川，我就帶著她的照片回部隊。此時六十三旅炮兵營已移回泰州駐地，故我回部隊仍走原先的路線：先到九江乘輪船返鎮江，不過此次是早晨十點的船次。我站在甲板上看風景，聽著汽笛長鳴。江上船隻往返，水光閃動帆影，遠處紅日時現。同樣這一江水、一座輪，歸途上的我心中所思卻和來時殊異。在遇到她以前我不怕死，不懼遠行，也不曾憂慮悠長歲月，現在卻從未如此真切過地思慮起將來。

回到部隊，第一件事就是把未婚妻的照片拿給戰友們看。

炮兵營當時已經移駐泰州南門外濟川鎮。營部所住的房屋很好，每個天井裡都設著花

我站在九江开往镇江的轮船甲板上，看着
那"滚滚长江东逝水"，憧憬着未来

把美棠的照片拿给战友们看

盆架子，上置盆景，屋樑門柱均漆大紅色，樑上文彩雕飾，看來房東是殷實家庭。我住在進門左首一間小客廳。東邊牆上就貼上了美棠那張十二寸彩色照片。我的床緊靠牆壁，床前則擺一紅木方桌。我給美棠寫信就是在這張桌上，每封信都得寫上三四頁，多談些近況與打算，然後交給軍郵。房東的女兒還是個初中學生，看起來十六歲左右，那時常進屋來找我聊天，問長問短的。她生得白白胖胖，個子不高，一派天真。我也沒招呼她坐，她就隔著桌子站著和我談話。後來有一天，她注意到牆上的照片，問我是誰，我說，是我的未婚妻。她注視了一下照片，以後也未再來了。

部隊的氣氛其時沉悶陰鬱。抗戰勝利時飛揚的歡欣此時已被一則凝重的傳言籠罩——傳來的消息是，國共談判破裂，恐怕又要打仗。不久，內戰果然爆發。整編第八十三師奉命北上。在一個初秋的下午，六十三旅炮兵營各連開始出發。營部人馬也要走了，因為平時相處甚洽，鎮上的居民特來向我們惜別，臉上帶著黯然的神氣。我是最後離開的一個。跨上心愛的三十五號澳洲名種戰馬，我回頭望了望黑濛濛的泰州城南門的輪廓，想到今日離開此地，大概以後是不會再來的了。

2009.9.30. 平如

行軍路上死生都是常事，嘆一聲天意也罷，談不上什麼傳奇。一次炮兵連在鹽城的時候，我與營長劉恆鑫在高粱地裡選了一個竹棚作觀測點。棚內尚有一個四十公分見方的視窗，我便在視窗架設了觀測器材，與營長相對而坐，輪流去視窗觀看。蘇北地勢平坦，地面上只有田埂和土丘起伏，流彈毫無遮掩地往來，在竹棚上下左右激起劈啪的爆裂聲。子彈從視窗射進來的時候，我正起身要去視窗而營長方側身離開，子彈從他身上棉大衣前襟的右邊打進，又從左邊打出，打出了兩個窟窿，人卻毫髮不傷。

一九四六年冬，八十三師抵達山東臨沂，裡面乃是一座空城。我往大街小巷去轉了一圈，一個人也看不到，只見牆上空留許多標語，內容是宣傳國民黨軍隊不要打仗，又言共產黨軍隊優待俘虜，如某軍某旅某人投誠後受到優待等。國民黨軍隊進城約莫半個月後，逃散的民眾紛紛回城，市面上也逐漸繁榮起來。六十三旅奉命在此守城，加強工事。

未幾，春節到了。大家心情普遍抑鬱，征戰多年，抗日事關民族興亡，本屬義不容辭，可如今外敵已退，大家都盼著回家與親人相聚，誰料竟烽煙再起。連年的戰爭不知會持續到何時，個人的命運不知將行向何處，至少在我們底層的兵士之中，不想打仗的厭戰情緒很濃。大年初一清早，我在院內聽到城廂四周內外都零星響起了「砰——砰——」的槍聲，有時還夾雜著「咯咯咯……」，這是輕機槍的聲音。原來這是士兵們在朝天鳴槍以代替爆竹，聊以寄託新年祈福的心意。這樣做本屬違犯軍紀，但當時的下級官長也聽之任之。人心人情總是相似的。年後，營部人事多有調整，於是在一個初春的下午，我走進臨沂城東街一處民居以土坯築成的大院裡，一八九團三營營長濮雲龍把我介紹給全連官兵時說：「我給你們找到一個最好的連長……」

沿公路向蘇北推进、共軍則采取战略转移，其主力向高郵、淮阴、盐城一直退到山东临沂，仅使用小部队略作抵抗。

在盐城之役，营长刘恒鑫与我在一竹棚中相对而坐，轮流从观测器材中观察前方战况。就在我们二人均坐下尚未起身之时，忽有一流弹自窗口射来，将刘的棉大衣胸前贯穿二孔，刘竟毫发无损，亦可谓奇迹矣。

軍隊裡那個時候「開小差」成風，所謂開小差也就是脫逃。那時的軍人待遇並不好，不但武器裝備差、生活條件差，有時連飯也吃不飽，而潛規則「吃空缺」就是在這境況下興起的。吃空缺，即主管者在編制人數範圍裡虛報人數，多領的糧餉被服自然也就流入主管者自己的口袋，只要做得不過分，大家就心照不宣，好像理所應當——因為並未克扣士兵應得的份額。這樣的空缺人數當然也是與軍銜高低相關的，一個大官吃的空缺，那可能就是一個警衛團。我還在任小炮排排長的時候，全排官兵六十餘人，空缺則有五六個。我把空缺所得糧餉全都加入士兵伙食，問他們：「夠不夠？」不夠，我就再加幾個空缺，告訴他們「槍斃殺頭我來承擔」。當兵的說「飽了！」乃止。事實上我並沒有被槍斃。

如此，自一九四四年以來，我的排裡絕無一人逃跑，傳開後成了個小小奇蹟，一八九

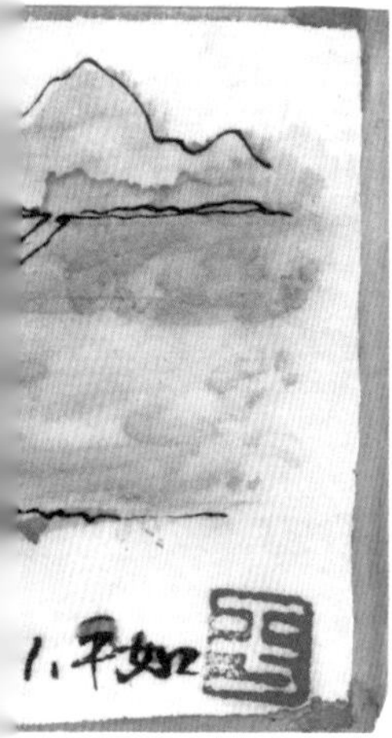

臨沂北门一家饭店——我常々請客的地方

說是請客吃飯，菜也無非是肉絲炒青菜、韭菜炒蛋之類。順便打半斤白酒，大家喝幾兩。

團的濮雲龍也聞知此事，所以有了以上的話。我倒從未想過要當什麼「最好的連長」，當兵的把命交給國家來打仗，總要讓人吃飽飯，只是這樣而已。

一九四七年初夏，高級指揮官湯恩伯令七十四師佔領孟良崮高地，又令八十三師和二十五師佔領七十四師左後側和右後側的山頭作掩護。六十三旅奉命進入山區。大約有一個月光景，山上毫無動靜。那時部隊裡效仿美軍的習氣——打仗時打仗，無事時跳舞。地點是在比較齊整的客廳裡，地上灑些滑石粉，牆邊桌上擺著留聲機，正中牆壁邊上放一溜長凳以供休息。舞曲綺旋中，其實人人心裡知道兩軍的高層在博弈，危機在醞釀，戰火一觸即發，今夜跳上一支舞，明日死生未卜。

就在這個時候，六十三旅領來了四門美式三七戰車防禦炮。五月十五日，旅部傳來命令，任命我為旅屬戰防連連長，人員馬匹俱從其他各連抽調，立即返回臨沂城內去倉庫領炮，然後在臨沂整訓。五月十六日，天濛濛亮的時候，我帶領官兵返回。時間安排得很緊，正午十二點時我們通過了一個大村莊——官莊。此地距離臨沂還有一半路程，路上時而可以看見八十三師的軍用卡車從臨沂開出，向前線輸送物資，我們與這些軍車相向而過。

到了下午二時，情況突然變化。只見這些軍用卡車都調轉頭來，向著臨沂開了，一問緣故，他們告訴我官莊已經被共產黨軍隊佔領，過不去，由此切斷了八十三師的補給線，形成了包圍圈。原來十五日我把機槍連交給接班的婁連長當晚，共產黨軍隊突然向八十三師陣地發起攻擊，以防八十三師增援七十四師。而這時，七十四師在孟良崮已被圍四天，彈盡糧水絕。八十三師自顧不暇，無法救援。

初夏的天氣有些熱。我帶全連人馬趕到臨沂的時候，已近下午五時。這一天白日裡都是晴暖的豔陽天，但就在此刻，天地忽然變色：黑雲密布，狂風大作，沙塵高揚，雷聲轟隆，自遠而近。霎時就有大陣冰雹從天而降，打在屋頂上發出巨大聲響。北方的房屋比南方來的低矮，我站在屋簷下，看著比黃豆大的冰雹砸在我對面正廳的屋瓦上，又飛快地向上反彈起有七八十公分高。後來，一位原屬七十四師戰炮連的軍士突圍出來，投奔到我連，告訴我們原來七十四師就是在這個時刻全軍覆沒的。據他之說，師長張靈甫、副師長、參謀長、副參謀長等近十位高級指揮官均留下「絕命書」後「殉國」，遺書交由一個參謀提前突圍帶回後方。聽說共產黨軍隊距離指揮部只有兩百米處時，包括張靈甫在內的指揮官們站成一列，張指定一人一一向上級開槍，其後此人亦自決；其下的旅長、團長、營長、連排長包括士兵也或自殺或戰死，其情其景俱是淒絕。

冰雹下了整整兩個小時，漸趨平息。我的傳令兵陳許生事後常對人笑稱：「饒連長福氣真好，他在山下一個多月，一點事情也沒有，等婁連長一接班，當天晚上就出事了。」其實若單以我個人看法，軍人戰死沙場實為人生幸事，古人所謂「人生難得沙場死」。只是那樣的話，我與美棠的故事恐再無法繼續。又或者這就是命運，一飲一啄，莫非前定。

戰事稍平歇的時候，我與美棠的書信往來從未間斷，有時她還附些近照來。這時候我也開始想，自己當年從軍的動機本是抗日，如今竟變成中國人打中國人，實在不是所願。按規定，部隊裡凡負有帶兵責任的軍官是不能夠告假的，但如果當參謀則比較容易請假。

當時我任十九旅五十六團迫擊炮連連長，該旅的參謀主任史之光與我相熟，我便同他商量想調去旅部當參謀，當然，一個月以後要請婚假。史之光一口答應，隨即便去報告旅長趙堯。趙堯做事也爽快，立即下令調我到旅部參謀處。我辦好手續，只帶了傳令兵陳許生去旅部報到。臨走時候，迫擊炮連全連列隊相送，排長語聲哽咽，又看到有的士兵目中含淚，我也感慨萬端。

參謀處是清水衙門，沒有外快，伙食自然也就清淡了。這一個月來就沒有吃到過魚肉，除了幾碗素菜，就是一碗雞蛋湯。史之光作為領導，按例總要有所表示。每當吃飯時候，他就跑到自己房間裡拿出一小瓶「味之素」，用小匙挑出一點點撒到湯裡。他也沒有錢為大家加菜，就只能加一點滋味了。

我計算著時間將近，就寫了婚假報告交給史之光，他簽署後再轉呈趙堯。趙堯立刻批准了。兩天後，旅部人事處開出了准假證明。一張正式的「路條」，上面蓋有十九旅的關防和趙堯的簽名印章。

就在我送上請假報告的第三天，十九旅接到命令立即開赴徐州機場，全旅空運到濟南，增援王耀武兵團。原來王耀武兵團在濟南被圍，而十九旅是王舊部，故派為增援，但陸上已無法通過，只能空運。

趙堯這時對我說：「你不用去了！回去吧！」我的請假是三天前的事，若是三天後，接到出發命令，我也斷沒有臉面請假回家。若是如此，則我倆的故事又要改寫，或竟不能寫下去。

中湯子精味加光之史

這天晚上，全旅人馬坐上了赴徐州的火車。我和陳許生帶著簡單的行李上了最後一節空蕩蕩的運貨車皮。微光中還能看到車皮前壁坐了七八個人，他們是趙堯的妻兒和幾個傳令兵，準備回後方去。我和陳許生則靠後壁坐下，大家都寂然無語，只聽火車輪盤在鐵軌上「咯噔——咯噔——」枯燥地響。

次日十點左右，火車到達徐州站。十九旅馬不停蹄開往機場，趙堯的家人下車奔向他們自己的目的地，我和陳許生則乘車南下，到南京後再轉車回南昌。*我於一九四八年七月間回到江西南昌。

美棠和我的婚事定在農曆八月中旬，現在就得開始準備起來。新房設在第三進的西面正房。牆上的石灰已經很舊，我動手重新刷了兩遍。後面的牆則用報紙糊貼一下，顯得略為乾淨些。父親和姨嬸為我們買了兩件傢俱，一張新式的木床和一只五斗櫥。其他如茶几、圓桌、椅子都用現成的。當時想的便是我倆不會在這裡久住。

六十三旅戰炮連的排長蘇連生一日忽然找到我家，敍些別後情況。原來這批原六十三旅的軍官約五六十人這時正途經南昌，就住在心遠中學，逗留約一個月。次日我便去找他們敍舊，他們得知我結婚，又送來了祝賀的喜慶匾牌。

在新安鎮约一个月，我即写请婚假返家的报告。交上报告后的第三天，19旅即接到命令：立即开赴徐州，空运至濟南，增援王耀武兵团。旅长赵尧对我说：「你就不用去了。」是晚，全旅人马登上火車。我带着簡单行装、坐在最后一节车廂的后端。在前端有七八个人，也带着行李，是赵尧的家属及随从人員。次日上午车到徐州，部队开赴机场，我則南下回家。

史之光因报考陆军大学，亦未随军空运至濟南。后来史又在美国参谋学校学习，回台後，升任陆軍少將，担任国防部史政编译局局长。

＊後來聽友人說起十九旅的命途。五十六團的周鎮中守南門，吶喊衝刺時被衝鋒槍擊中陣亡。我的一位十七期同學郭顯宗在七連當連長，我和他因同鄉關係頗談得來，彼時一顆迫炮炮彈適落在他身邊，被炸得粉身碎骨。一位曾在周鎮中身邊當軍需的人，曾和我一起打籃球的，則被俘獲。趙堯突圍而出，後赴臺灣，去時生活亦艱苦，趙妻靠做大餅油條、開飲食店謀生，好在不數年臺灣經濟即振興。史之光因考陸軍大學未赴濟南，後在美國參謀大學畢業返臺。

又過了些時日，我與定姐一起去臨川把美棠一家接來南昌。她的嫁妝早已齊備，所缺些無關緊要的零星小物，我同她就仍是往洗馬池那裡去逛街採買。

一天，我們和弟弟一家三口一同上街，弟弟的兒子蔭曾那時只有一歲。我們正要走進一家瓷器店時，蔭曾忽然大哭起來，堅決不肯進門，於是他們一家只好守在門外。我和美棠兩人進店，選了兩副飯碗和調羹，價格還頗昂貴。誰知回來後被岳父看見，笑我們不懂瓷器，買的都是款式工藝過時的「古董」了……我們便也覺得好笑起來。

又一日，岳父一家人在新雅飯店吃點心。那個時候還沒有吃不完打包的習俗，所以岳母便派人到陳家橋來喊我幫著吃。我聞訊趕到那裡，見桌上還有不少包子餃子和各色點心，大吃一氣，吃完又搶著付了帳，耳邊聽到岳父笑著對岳母語：「你喊他來，他當然就付帳了……」中山路上有個規模很大的百貨商店叫「廣益昌」，經營者是廣東人曹朗初，也是父親的朋友，故還聘了父親作店裡法律顧問。廣益昌在當時就分門別類地設了綢緞部、服裝部、鞋子部、攝影部、滷味部……滷味部售的廣東特色口味食品在南昌還頗有名氣。美棠和我還有岳父母一家人，一天去廣益昌小吃部嘗南城米粉，卻意外發現店裡掌勺的大廚是岳父過去在福建毛福春中藥店裡的燒飯大師傅。大師傅看見老東家來也特別高興，和我們一番寒暄後，立刻去廚房備辦米粉。等米粉端上來大家一看，只見特大的湯碗裡，上面滿滿騰騰鋪著鴿子蛋大小的肉丸子，下面才有一些湯汁米粉，想來是以此表達故人情意。現在憶起這碗別致的米粉，猶覺有趣。

美棠和我在洗马池买瓷器

美棠和我买回来的"古董"饭碗

新雅飯店的早餐

老东家

婚期就在眼前了。

婚禮前一日，我獨坐在新房的小圓桌前想起了母親。想她今日如能在這裡，如能目睹我結婚成家的人生一幕，該何等高興，而我又該何等美滿。悲從中來，我終是伏在桌上痛哭起來。後來是八舅母進房來，坐在對面細聲撫慰我良久，我才漸漸止住。

第二天一早，陳家橋這邊的人就急急帶著布置禮堂和婚禮的用品趕去江西大旅社。岳父母本就住在那裡，美棠也在定姐一家的陪同下來到旅社裡新娘的休息室化妝打扮。江西大旅社的大門前是一個小院子，院子左側有一排精緻的小店鋪——一家美容美髮店、一家攝影店和一家租借婚紗禮服的店。我去美髮店最後修理髮型，美棠則去選婚紗，我倆各顧各的。

江西大旅社是西式風格建築，大廳寬廣高大，挑高了兩層樓。廳當中建有一個大的花台，置滿各色花草，兩側有走廊，屋頂則是玻璃天窗。那天的陽光就透射而下，直照到婚禮的現場。這時的大廳也已經布置好了，地上鋪了正紅色地毯，正中前方擺了長方形的條桌，也鋪了紅綢桌布，其上放著結婚證書、美棠與我的印章和印泥等物，兩邊點燃了大囍燭。

證婚人請的是時任江西省省主席的胡家鳳。胡家鳳因與父親是從前北京法政大學堂的同學而相熟，出任省主席後勸父親出來做點事，故父親後來做了江西省的省參議員。胡家鳳為人正直自持，先前任省政府秘書長的時候，因為家貧付不起電燈費，而被電力部門以土政策剪斷了電線。誰知不到一個月，胡家鳳就被擢升為省主席，驚得電力部門連夜接通電線登門道歉，事情在全南昌傳為笑談，大家也都敬重主席的清廉。

客人們陸陸續續都到了，有兩百餘眾。按禮，新郎倌應該親自去接證婚人，而這時胡家鳳的專車也到了，我便上車，車輛往省政府駛去。省政府也許是前朝遺留下的府台衙門，陳舊而透著幽雅之氣。未幾，胡家鳳便從廳中走出，著一身淡黃褐色的中山裝。汽車

2008、
6.22、平如
在江西大旅
社大礼堂的
婚礼上，台上
当中的是证
婚人，时任江
西省政府主
席胡家凤；右
立者为主婚人、
我父亲；左立
者为司仪，
男傧相为我
峰秉弟（18岁）
女傧相为我
忻表妹（16岁）
二〇〇九年十月十八日
钻石婚纪念日
平如記

緩緩開去旅社，因路上時有人群想圍觀一下省主席的真容，開不快。及至下車，父親和親友們已在門口迎接。隨著證婚人的到來，現場的氣氛又掀起一個小小高潮。

美棠和我這時並肩立於台下，她披一襲潔白婚紗，我著一身淡黃軍裝。那是當時軍人裡流行美式卡其布軍便服。兩位儐相——大崢表弟和大忻表妹立在我倆身邊，此刻也是光彩照人。證婚人立於前方中央，右側站著父親作主婚人，左側站著婚禮司儀。我還記得司儀喊：「請證婚人致辭！」胡家鳳便從衣袋裡拿出發言稿，原來都是四字一句的祝詞，全是文言詞句，念了有三五分鐘，可惜我倆都沒聽懂。接著司儀又喊：「請主婚人致辭！」父親因是律師，口才好，他不用發言稿即興講，倒講了有近一刻鐘。之後便是「新郎新娘向證婚人鞠躬」、「新郎新娘在結婚證書上蓋章」，乃告禮成。

我們在江西大旅社大廳門口的入口處拍結婚照。這個門口並不十分寬大，呈扇形，四級臺階，兩側各有一根愛奧尼柱，簷亦扇形有紋飾。六十年來人世沉浮如飄萍無定，這張相片也散失在歲月裡，然而回想起當日拍照時的情境，當時的光線怎樣伏上這一簷一柱，至今歷歷眼前。

吃罷酒席，眾人回到陳家橋。到了晚間，我倆的新房裡擠滿了賓客。鬧新房開始了。美棠和我坐在床沿，聽候大家「出題目」。眾人有的要我們交代談戀愛經過，有的則跟著逗笑取樂。這些都好應付。最難搞的要算羅家的大姐夫羅鏡清——圖中穿格子長袍的瘦高個子。我的大哥也熱烈參與其中——下頁圖中光頭穿藍色長袍的那個，只不過，他不是來鬧，而是來幫我解圍的。羅鏡清每回提出難纏的問題，我大哥便站出來緩衝和調停，幫助我們順利過關。

新房外的客廳裡，則是我的四位中學同學。他們約好了今晚通宵打麻將，應該也正快活得很呢。

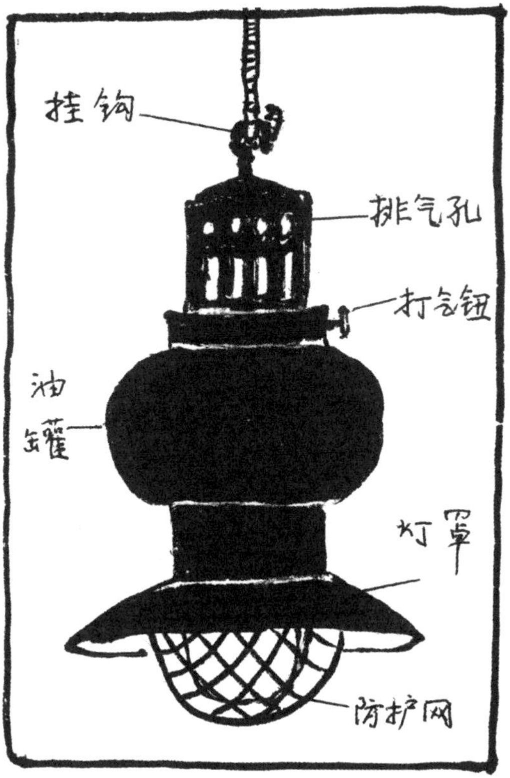

饒平如 民國十一年十一月二十七日酉時生 江西省南城縣人

毛美棠 民國十四年四月十四日子時生 江西省南城縣人

今由

饒孝睦 毛貽蓀 兩先生介紹訂為夫婦謹詹於中華民國三十七年八月十五日下午四時在南昌江西大旅社禮堂

結婚恭請

胡家鳳先生證婚締良緣於二姓慶好合於百年此證

結婚證書

訂婚人 饒平如 毛美棠

證婚人 胡家鳳

介紹人 饒孝睦 毛貽蓀

主婚人 饒孝謙 毛思翔

中華民國三十七年八月十五日訂

人生有幾？念良辰美景，一夢初過。窮通前定，何用苦張羅。

錄元好問驟雨打新荷曲中警句

举行婚礼后，美棠与我在礼堂門口合影。原照片早已損毀，但脑海中的記憶猶存。

鬧新房的場面

夜深，洞房也鬧完了，岳父母一家要返回江西大旅社住宿，美棠則留在陳家橋。美棠八歲的弟弟愛堂則大哭大鬧著不肯離開姐姐，也要留在陳家橋和姐姐在一起。眾人哄了好久方把他勸走了。

婚後一天，岳父母一家返臨川，美棠與我一早去送行。又過數日，姨嬸將我與美棠、弟弟與弟媳麗珍叫到一起。在一間小房間裡，她當著眾人面拿出兩個包裹，說這些是我母親的遺物，她已經代為保管太久，如今終於一家人齊整，又都成了家，可以正式交還給我們了。一共是一斤黃金，我與弟弟各拿半斤。還有兩箱衣物。美棠覺得我們不會在南昌久留，便只揀了件母親的羊皮袍子。那是一件新制的袍，外面為淺綠色的綢緞，裡面的羊毛雪白，都有寸餘長。其餘都留給了麗珍。讓人抱憾的是，其中還有母親一個小的白布包袱，當中是她一生所寫的詞手稿，也有些是我替她謄抄的。她小心翼翼包好後，包袱角上還用一根細藍色布帶紮好。我把它放在衣箱裡，因為行李太多，便把這只箱子運回南城，因為那裡是老家，最安全。卻未料我們此番離開南昌，竟再無機會回南城。世事更迭，母親一生的詩稿最終未能留下片紙隻字，此事令我悔恨至今。

聚散苦匆匆，此恨無窮。二〇〇八年，我獨自一人回到了江西大旅社。大社的門前因為曾打響南昌起義的第一槍，如今已成為南昌起義紀念館。建築局也多有變化。昔日寬敞開放的大廳現在改為方形封閉的中式堂屋，廳前的花木依舊，只是當年的花臺不再。玻璃天窗已拆毀，唯陽光朗照的庭前，仍是當年攜手處。

他不肯回旅社

姨婶将母亲的遗物分给美棠和丽珍

對於我們平凡人而言，生命中許多微細小事，
並沒有什麼特別緣故地就在心深處留下印記，
天長日久便成為彌足珍貴的回憶。

四 攜手遊

徐州記

一九四八年九月，傳來消息說王耀武兵團在濟南被擊潰，但八十三師仍在徐州。我和美棠商量著再去觀察一下情況。

離家那天，我倆四點多鐘起床，隨身只備了兩只箱子。父親與姑姑也起了。我和父親坐在客廳的交椅上，父親與我談些上輩人的往事，直到天漸漸大亮。美棠和我告別父親和姑姑，帶著陳許生出發。

到了徐州，陳許生在旅館幫忙照看行李，我和美棠則上街逛逛。市面上已漸露蕭條。有一天我和美棠逛街回來，美棠忽見陳許生面露愁容，便追問他。原來他積了點錢買了只金戒指，又無處藏放，就拿塊帕子穿了放在衣袋裡，沒想到不知何時掉了。美棠聽了心裡難過，便拿了個差不多大小的戒指給他。他這才打起精神來。

美棠和我在街上逛著，一日真就遇見了舊時戰友趙九如。他便邀我們去住處吃了他妻子做的小菜和麵條，口味很好。又告訴我們，徐州有個空軍俱樂部，但普通人也可以進去玩——美棠和我當晚便找到了這個俱樂部。這是一座普通西式民居改建而成的娛樂場所。賓客從狹窄的後門進屋，有一條三米長的甬道，左首是衛生間。再進去便是舞廳，其實是

在徐州"空军俱乐部"听唱歌

兩間房間打通而成。舞廳裡擺放著七八張小圓桌，靠牆有個小舞臺，臺前有麥克風，旁邊是小型樂隊，臺前即是舞池。其實這時世道寂落，來的人也不多了。我和美棠在後處找了位子，泡了茶坐下，聽歌女唱歌，看別人跳舞。

約莫兩個小時過去，歌舞漸歇，燈光漸暗，空軍們也紛紛散場離去。這時候，美棠說要去趟衛生間，我便在出口等她。兩個空軍通過甬道，一個嘴裡說道：「哈！撿到一個女人的皮包！」美棠在裡面聽見這話，猛地想起自己那個喜歡的奶油色皮包就掛在椅子靠背上沒有拿，忙從裡面奪門而出，急喊：「皮包是我的！」一空軍隨手就把皮包還給美棠，頭也不回地逕自走了。他們自是不知道美棠這個皮包裡放了各種金飾有半斤多，若是真這樣丟了，我們的損失也

美棠急喊："那个包是我的！"

是相當可觀呀。

從空軍俱樂部出來，我們還後怕不已，就這樣不出大聲地走了二三十步，在街角一盞黯淡的路燈下看見有個小販在賣梨。我們好像很有默契，逕往前去買了兩個大梨。然後兩人在街燈下慶祝似的吃掉了它。那梨又嫩又甜，我從此以後再沒有吃到過這樣清甜的梨。

順便一提，徐州的油條也好，香脆又不黏口。我和美棠後來嘗了上海的各種油條，總也不如。

又隔了數日，我打聽到六十三旅炮兵營第三連連長武輪倫的駐地在徐州市郊的東賀村，便和美棠過去探看。戰事迫近，老百姓多已出走避難，村莊顯得益發荒涼。事也巧，第三連明早就要出發了。當晚我們就在連部駐地的小堂屋裡吃臨行前最後的一頓飯。我把在南京下關買的一隻板鴨拿來佐餐，武輪倫也備下好幾個菜。飯後，美棠和我與武輪倫夫婦在村子裡散步閒談。武輪倫的妻子是樸實的農家女子，她看見美棠挽著我走路，忍不住就向著武竊笑起來。武乃正色斥她道：「你啊！真是一個鄉下人……」是夜，美棠與武妻同睡，我與武輪倫相聊到更晚。第二天就要帶隊出發，武的心情很不平靜，同我說了好些他是怎樣留了一隻金手鐲，將其交給了妻子，又要如何把妻子送往後方，等等。

第三連走後，我與美棠仍是等消息，等熟人。美棠在這些時日裡開始學著做點烹飪。徐州百姓吃煎餅，一日我叫陳許生買了一疊來，又一併買了一斤豬肉。美棠便將肉洗淨，在砧板上剁了好久，做成了肉丸子吃。她蒸好拿來我一嘗，就覺哪裡不對，細辨之下覺得丸子裡有好些小硬塊一樣。一問究竟，原來她把肉皮也一併剁進去了——還抱怨著：「肉皮真難剁！只好用刀切成一小塊一小塊了，花了不少力氣啊！」

就這樣又過了數日，我們也再沒遇到什麼熟人，得什麼新的情報，而形勢卻越來越緊。美棠覺得環境極差，每日心裡焦慮不安。商量一番，我們決定還是先返江西。於是當年十月中旬的一天，我們仍是乘火車南下，回到江西去了。

徐州的油条令我们怀念久之

少見多怪

美棠第一次动手做肉圆子

臨川記

我們在南昌待了一陣子，陳許生則回故里去了。這期間，美棠和我還曾發生過一次小爭吵。為什麼而爭吵呢？實在想不起來。

當時年輕氣盛，只覺得她太不講道理，一氣之下，我就把桌上的一個紅色熱水瓶往地上一摔。瓶膽應聲碎裂，開水流滿地板。美棠臥在床上便哭起來。我們彼此不說話，就這樣過了兩三個小時，我便走過去拉她要勸解，沒想到她倒噗嗤一聲笑了起來。這也是我記得的唯一一次我倆之間的爭吵。

聊到將來，美棠希望我可以跟著岳父去學生意。那時岳父一人在漢口開著錢莊，身旁無人相幫。但時局難測，人心惶惶，錢莊生意清淡。岳父來信說尚無好機會，需再等待，我們若覺煩悶，則可往臨川一住。

就這樣美棠和我又到臨川去住。閑來無事，我們有時就到美棠念過書的學校去看看，有時我在校園裡打打籃球。

美棠的二舅公和舅舅亦開著中藥店，有時請美棠與我這個新姑爺去吃飯。

二舅公的中藥店名曰「可引年」，店鋪就和這名字一樣顯得清奇古致。我們每在帳房

我和美棠的一次小争吵

間吃飯，地坪是以黑漆漆成，堅實而涼滑，亦顯得屋內益加幽靜，僅靠屋頂上幾塊「明瓦」透出光線，室中的時間好像停止一般。菜上來了，擺得也很特別——均是大碗盛著，碼得極滿，好像金字塔的樣子。有一樣炒藕絲，切得真如頭髮絲一般細。據說這樣的裝盆方式是當地接待貴客之禮儀，而貴客夾取時亦須十分小心，稍不留意讓菜落於桌上，便顯得貴客不貴，粗魯失禮了。

在臨川時還有一件小事我一直記得。國民政府那個時候幾近癱瘓，地方上的保長、甲長時常會以種種名目出來索要稅款，名為徵稅，實與搶劫無二，所得錢財並不繳納國家，只是中飽私囊。一日，有兩三個保丁來岳母家徵稅，我正在場，當場便與他們追究起來，起了爭執。其中一個保丁就喊道：「好！到我們保公所去論理去！」「去就去！」我馬上起身欲行，美棠這時候忽地站出來，從容道：「我和你一起去。」一路上我只顧著走，她卻不時拿些話來說，存心透露出我的父親是省參議員。到了保公所，他們拖拖拉拉在廂房裡扯淡，不肯見保長。我也不知如何應對，美棠卻出面同他們交涉。最後對方一番還價，硬討了十二塊的稅款去了卻此事。

在臨川住了個把月，美棠和我仍然回陳家橋去。每日無事，一干親友便打梭哈玩。牌桌上的起落，勝固欣然，敗亦可喜。在那段不知明天會怎樣的日子裡，這個遊戲確實給我和美棠以及我們這班親友們帶來過極大的樂趣。

長勝錢莊
2009.10.24 平如

“我跟你一起去！”

玩梭哈时，底牌置于发来之牌上面，徐徐移开。看牌之际，心中充满期待，极为兴奋之一刹那。

一九四八年春节期间在禄母舅房间内与众亲友欢乐地大玩梭哈。

樟樹鎮

一九四九年，美棠和我決定動身去貴州。

去貴州是為了找羅英。羅英是橋樑建築專家，錢塘江大橋總工程師，當時在雲南昆明任第四區公路工程管理局局長。因羅家同我家是世交，他的父親和我的祖父是好友，他又是祖父的學生、父親的摯交。他的侄子更是我二姐夫，故美棠和我商量著，在臨川閑著也是閑著，不如去貴州看能不能謀一份普通而長遠的工作。

議定後我們就直接收拾行李出發了。我們在臨川溫家圳火車站上車，中午抵達南昌，欲在此轉車到湖南株洲，再轉乘湘桂鐵路經廣西到貴州。到了南昌，父親叫趙椿林來幫忙搬行李。車上人很不少，大多是往西南方向避難去的。美棠先上車佔座，我到了車上把衛生間窗戶打開，趙再從視窗把行李托上來。美棠喜歡的小藍綢傘從衛生間地面的空隙跌落下去，她惋惜一番也只好算了。下午二時，火車開了，我們的貴州之行就在這樣一派手忙腳亂的氣氛中正式開始。

這個時候，鐵路上的秩序也已漸亂，開車沒有固定時刻，連下一站究竟會抵達何處也不能確知。火車開了幾個鐘頭，到達樟樹鎮後便不再前行，據說前面已不好走。大家嘆息

平如
父亲
罗英
祖母
2008.12.18平如画

著下車，美棠和我尋了一家老式客棧住下。一個小小的房間，僅有一床一桌，一扇窗透進一點微微的光。茶房是個十七八歲的小姑娘，進來掃了地泡了個熱水瓶便走了。

我和美棠安頓了行李便上街逛逛，當然先是要尋地方吃飯，見一家飯館看起來很雅致，招牌寫的是「樟樹餐廳」。我們看這江西小鎮上的飯館名字倒取得新潮有趣，便進去吃飯，發現內部設計亦具匠心。循木質扶梯而上，餐廳門窗全以木材製成欄杆式樣，木窗檽外蒙玻璃以蔽風雨，大廳內亦全為木條結構，似富野趣。美棠和我在二樓一間包廂坐下，點了一個蒜苗炒肉絲和一個雞蓉湯，各是兩元。不多時夥計把菜和湯送上來，把我倆都驚得不輕——菜盤之大，湯碗之巨，這一菜一湯的份量怕是足夠三四個大漢吃的。我們只好放開肚皮大嚼，最終仍然剩下一大半，無奈忍痛放棄。不過，量雖駭人，這家店飯菜味道卻是可口，美棠和我滯留樟樹鎮期間便常常來光顧此家，只是每次都要關照夥計：務必小盤。

對於我們平凡人而言，生命中許多微細小事，並沒有什麼特別緣故地就在心深處留下印記，天長日久便成為彌足珍貴的回憶。小鎮上的樟樹餐廳便是這樣，直到晚年美棠和我還會聊起那裡。

又一日我和美棠在街上逛著時，她突然想起一件事，越想越不放心，最後決定轉身奔回旅館。原來我倆出門時忘記鎖門，美棠所擔心的是她放在地上的一雙布鞋。布鞋是姨嬸幫她做的，秘密則在於為了安全防盜，姨嬸在兩隻鞋的鞋底裡各納了一條拉直了的金手鐲。這樣外觀看來是與尋常無二，但若有人進出動了鞋，或者茶房掃地時提起來一拎，

便能猜出幾分了。我們忐忑著趕回旅館，推門一看布鞋仍在原地未動，這才鬆下氣來。

我每天去車站探詢有無火車開行的消息。終於有一天，消息說有一列軍車即將開出，去往湖南衡陽。我大喜，立刻奔回旅館告知美棠，和她匆匆收拾好行李，結清了旅館帳目趕赴車站。找到軍車，我正想和他們商量，卻不料這車上的軍官正是某一年駐紮在陳家橋父親家的通信排排長。他痛快地歡迎我們搭車，帶我們去了拖在最後的一節無蓬車皮，搭載的都是些眷屬。這時上面已有二十來個女眷，坐在各自的行李上。她們亦熱情地把我們的行李接過，又相幫著拉我們上車去。

到了車上總算心情寬舒，此時

已近薄暮，烏雲漸多，天色昏暝有下雨模樣。車子久久不開，聽說是前方正在修橋，修好了才能通車。我忽見車後路基邊上有一個小店能泡開水，約是兩三百米開外。於是提了熱水瓶下車直奔小店，泡了一滿壺的開水，找來一把零錢置於袋內。那個時候老百姓已經不相信紙幣，平時用的一律是銀元或角子。我心裡盤算著：好得很，路上正需要角子……正在這時，火車突然鳴響汽笛，逕自開動了。我大驚，趕緊奔上鐵路，沿著路基追趕而來。最後那節車上的人都在為我著急，一起呼叫：「快呀！快呀！」這時火車剛起步，車行尚緩，但我左手拎著滿滿的熱水瓶，右手則捂住口袋裡沉甸甸晃蕩著的角子，減速不

少。趕著趕著，起初我的速度超過火車，我們之間的距離越來越近，到了相距五十米左右時，火車開始加速，我已跑不過它矣！距離又越拉越大，六十米，七十米，一百米……車上的人發急，我當然更急，就這樣又跑了七八分鐘，距離已近一百五十米。恰在這時——至今我也不知道是什麼原因，火車嗚咽一聲，停住了。我趕快拿出衝刺速度全力跑去，終於追上了火車。車上一片歡騰，我急忙先把熱水瓶送上去，車上的鐵圍欄較高，一時上不去，火車又隨時會再啟動，情急之時，剛好看見這車右側厚厚的木頭底板上有一個比洗臉盆略大的圓洞，竟像是命運剛好為我安排定當似的。我不費力氣地從洞口鑽了上去，進入車內。美棠急著告訴我種種，說我追近火車的時候，大家都鬆氣說「好了好了，可以趕上了！」誰知車子加速，距離拉長時大家又著急道「哎呀哎呀！要趕不上啦！」她自己更責備我：「你為什麼這麼笨！身上的角子丟掉不就好跑了嗎！」

這時天開始下雨，大家紛紛撐開雨傘，倚靠在各自的行李上。根本無法睡眠，行李也難免弄濕，但也顧不得那麼多了，就這樣過了一夜。

次日，車至衡陽，時間是上午，雨停了，晴空如洗。車上的人都下來，各奔東西。美棠和我在車站附近找了一家只有母女二人經營的家庭旅館，其實就是坐落在湘江之畔的幾間村屋瓦舍。

美棠在整理行李的時候發現衣箱裡的東西多半淋濕了，都是她一件件選來、中意花色的衣料。正好屋子後面有一個小小空地，三面圍著竹籬。她便把衣料都拿出來晾在竹籬上，陽光下照得一片錦繡。又把那些弄髒了的衣服交給店主老太婆找人清洗，上裝算一件，褲子算一件，手帕和襪子也各算一件，每件五分錢。當時年輕是不懂得計算的。我們對外面晾曬的數十件衣料也漫不經心，直到翌年回南昌，想找些衣料來做衣裳時才發覺有三四件最好看的料子不見了。仔細尋思，猛然想起——大概是讓那店主老太婆偷去了罷。

二〇〇八、十二、
廿八、平如

柳州記

彼時湘桂鐵路尚暢通。美棠和我在衡陽稍駐兩日便出發去了柳州，計畫在柳州多休息幾天，兼可遊覽當地。柳州是嶺南風光，氣候溫暖，陽光明媚，美棠和我都很喜歡。我們每日上街散步，馬路兩旁都是騎樓，男女老幼個個著短衫短褲，手搖一把大蒲扇，腳趿一雙木拖鞋，滿街都是「七力殼落」的聲音，俐落爽快。街上不會有車輛，人人自由漫行，樂趣無窮似的。

柳州鬧市區有一個小小的公園——全以奇石疊成假山，並布置了飲茶之處。時值五月，桂中天氣已經很熱。一到下午四五點鐘，人們紛紛地從屋子裡跑出來納涼。美棠和我就隨著人群的方向漫步，最後每每來到這個小公園。然後我們在假山的半山腰裡找兩個座位，泡上茶，一面乘涼，一面賞風景。

柳州小吃「魚牲粥」亦給美棠和我留下深深記憶，雖然都不明白為什麼是個「牲」字。那時柳州遍地都是做這種魚粥的小吃店。店門總是右側置一大鍋煮好的熱粥，粥煮得不稠亦不稀，香醇適口。左側則擺一隻長方形大盤，內有去了骨刺的魚片、豬肝、豬心……都切成薄片，品種總有近百，而大家都最愛魚片。及食，店主先將魚片置於碗內攤開，然後

數日後，由衡阳乘
火車至柳州，在此
又休息约一周。
时值初夏，街上
行人皆背心、短褲、
木屐，随处可以納
凉。街道旁有一
假山堆砌之公園，
美棠与我在该
处飲茶、乘凉，享
受南國夏季
風光。街上无公交
车、无自行車、无
警察，乃真正的
步行街也。

舀一大勺熱粥沖入碗內，再添些調味，撒些蔥薑或辣椒，調勻之後，嫩薄的魚片也已燙熟，即可食用。美棠和我既喜看這粥烹製時的熱熱鬧鬧，又喜歡它入口時的滾熱而鮮。

俗話說「死在柳州」，因為柳州棺材有名。美棠和我也留了個心眼觀察柳州的棺材生意——卻一家都沒見著，大概是不在鬧區。在柳州住了週餘，我們又要搭火車赴貴陽。我在售票視窗買車票，兩張六十大洋。因為紙幣不再流通，遞進視窗的是沉沉的兩疊銀洋，碼得老高。

▲到处可见的"鱼生粥"店

貴陽記

到貴陽那天正是端午。

中午時分，美棠和我走到貴陽那時繁華的「大十字」，其實也就是市中心一個十字路口，行人也並不甚多，街道兩旁的店鋪比較齊整罷了。我一心想買些粽子應景，卻沒有看到有賣粽子的店鋪。唯見人行道旁有一個老太太坐著，身邊有個小籃子，裡面裝了自家裹的粽子在售，便上前買了三四個粽子與美棠分食。並不是鹼水粽，味道也平平，但總算點綴佳節。

這天我們投宿於當地最大的一

家旅館——巴西飯店。那是一棟兩層樓的磚木建築，進大門左首是一個小天井，四周就都是客房，樓上亦然。好的客房呈正方形，都有一個大窗子朝著天井，房價是每間五角。然而這時旅店客滿，我們被領到樓下靠近樓梯處的一間房，這樣一來房間裡也凸出一部分讓位給樓梯，房價優惠為四角。美棠和我便感十分不快，覺得怎麼能住不「正」的房間呢？

於是跟茶房磨牙，茶房乃答應明日一有人退房即刻給我們換，我們才勉強住下。現在想來真好笑，我們又不是常住，為什麼一定要執著於正方形的房間呢？但那就是年輕時候。

次日，茶房果然替我們換了樓上一間面對大門、正方形的房間，我們這才滿意。

那個時候，我寫了封信給安順的二姐夫，告知我們在貴陽的地址。他回信說會派車來接。於是我們安心等候，每天逛街。

街上飯館很不少，冠生園、大三元、大上海餐廳都屬高檔。美棠和我喜歡在冠生園吃早茶，店堂裡客人不多，各色甜鹹點心很不少，叉燒包、粽子、紙包雞、糯米雞……每碟一律三角，都是廣式早茶口味，深得我們喜愛。有一日我們剛在那裡吃完早茶，尚未離座時，忽有一位年約四十、衣著得體的男士，看起來像是商界中人的，站在距我們桌子不遠的地方向我們微笑示意。他看起來也不是本地人，江浙口音，問了問我們從哪兒來，做什麼事，頻頻點頭微笑，頗有祝福神情。看他的樣子也像是遠離故土，來這片暫無烽煙的南方淨土求一方自由安靜的。

那時候我們慷慨熱情。在巴西飯店認識了一對比我們更年輕的夫婦，他們剛好用完了路費，滯留這裡等家裡匯錢來。天氣相當熱，而我們房間後面有一個木製涼臺，中有長方

條桌和長椅。美棠就常備下水果點心、瓜子花生一類，泡上茶，邀他們上來一起喝茶閒談，共用旅途樂趣。

有時我們也去大上海和大三元吃飯。店門外燈火通明，霓虹旖旎，點綴著短暫的太平光景。當時的我們都太年輕，看不透這人世間即將發生的劇變。

大半個月過去，一天我在樓上視窗閒看，見一位衣著樸素而似公務人員打扮的中年男子走進旅店，我直覺地感到他便是姐夫派來聯繫我們的人，下樓一問果然。他是貴陽段的段長，告訴我接到羅總段長通知來聯絡，但段上的汽車壞了，只好來送我們去長途公共汽車站。第二天，他乘坐小馬車接美棠和我到車站。我們辭別了他，登上公車直奔安順——那也是我們此番長途跋涉的目的地和終點站。

安順記

二姐一家住在段上的集體宿舍，房屋基本是木質結構，看起來不像宿舍，倒像一個廟，又像舊時衙門。一進大門便是一個很大的天井，兩旁是迴廊，整棟樓黑灰灰的，顯得古老寂靜。

美棠和我所住之處很是特別，是二樓一個六角亭。亭子約有二三十個平方，六面皆窗，沒有門，地面一角有一七八十公分長寬的活動蓋板，下設梯子。人上來後即覆上蓋板，猶如舞臺上要演武俠戲一樣的機關。亭中只放了一張木床，其他傢俱一應俱無，我們日常的活動都在樓下，這裡僅供睡覺。

我很喜歡這個奇特的環境，每逢月明如水之夜必開窗而眠，清光即傾灑床前。「床前明月光，疑是地上霜。舉頭望明月，低頭思故鄉」真是此時最應情應景的句子。

至若風雨交加、閃電鳴雷的時候，便真是「山雨欲來風滿樓」——四面的窗子一齊劈啪震動，更助這風勢幾分一般。人在亭中則不但聽到外面風雨強勁，還眼見窗外閃電撕裂天際，歷歷在前。

我們在安順過著集體生活。每個月交四元錢搭伙費，由段上的廚子張善清負責大傢伙

「奇妙的房間」

美棠和我的住处为一个二楼的六角亭，四面有窗，除一床外，别无他物，地板一角装有一块盖板，乘梯上楼后可将此板盖上，环境奇佳。一切活动都在楼下。每逢月明如水之夜，开窗而眠，则月光洒满床前，李白之佳句：「床前明月光，疑是地上霜」便自然会联想入于脑际。又当风雨交加、电闪雷鸣之际，则狂风大作，四面窗子劈拍作响，来回晃动，便能亲身体会「山雨欲来风满楼」之情怀，此种山間野趣，画意诗情，绝非大城市中住钢筋水泥房屋之人们能領畧到的也。

平如識 二〇〇九年十月二十九日

一日三餐。早上食粥，中晚餐則有六菜一湯，但以豬肉牛肉為主。這裡是高原，罕有湖泊、池塘，定姐從前在家最愛吃魚，來了這裡便吃不到。

在安順等待了一陣，卻未見昆明羅英那邊有什麼動靜。後來知道原來事有不巧，那時羅英已經調動了工作，不在第四區公路上了，對我的工作便也無能為力。如此，姐夫便設法用了兩個道班的名額以雇員的名義留我在安順工作，收入並不高，但總算有事做。每天早飯後八時許，便有兩輛小馬車來接我們去上班。馬兒不緊不慢拉著我們沿著安順唯一的主街前行，但見房屋漸稀，荒山漸多時，便到了總段辦公處。午飯由張善清送來。到下午三點鐘，還是那兩駕小馬車再把我們這班人不緊不慢拉回去。

大約四點多，我們回到宿舍，定姐便忙著叫人來布置牌桌打麻將了。定姐天資極聰穎，有驚人的推理、記憶和運籌能力。可她一輩子也不愁衣食，也不做家務，人在邊陲亦沒太多社交，只好把所有的才智都傾注在麻將上。她在牌桌上是極少輸錢的。那時候，牌搭子是我、老吳和老趙。老吳來時總是笑著喊：「羅太太！我們送錢來了……」其實他和老趙打得都還不錯，只是不是定姐的對手。真正的新手是我——只懂些簡單法則，每回必輸無疑。後來我也曾在街上書攤子淘了一些《麻將成功術》《怎樣打麻將牌？》之類的參考書補習，可惜紙上談兵，何用之有？美棠有幾回看不下去，也來親自披掛上陣試試手氣，不過她也不精通此道呀，照樣是輸的。

那時候的安順也沒有超市、影院、KTV，人們無處可玩，工作簡單鬆散，商業荒涼冷淡，一張牌桌，稀哩嘩啦，便是人生消遣。撤了牌桌上晚飯，飯後又怎麼辦？我們又有

时机不巧，罗英此时已卸任，二姐乃设法以两个道班（工人）名额，让我担任雇员，并随同他们职员一起上下班。工作甚简，暂混时光而已。安顺无电影院、无公园、无百货商店……唯一娱乐，乃是与定姐、会计老吴、出纳老赵打麻将而已。定姐精通此道，稳是赢家。

集体食堂伙食可自愿参加。定姐一家与我们均吃大伙。晚间我们与一些相熟职工轮流请客，五角钱可买一只大猪头，再买些蔬菜、豆腐，畅饮茅台酒，叫厨师张善清备办，其乐融融。

"韭菜合子"真好吃

一個消遣——圍坐起來吃火鍋。當時五角大洋可以買一隻豬頭，老吳、老趙、小李、小楊、老於和我幾個人就輪流做東，錢給張善清讓他操辦。到了晚上，他就用一口大鐵鍋燒了湯端上來，下面有木炭爐子燒著。幾個盤子裡放青菜、豆腐、醬與麻油之類，另有一大盤就是已切成薄片的豬頭肉。我們再打幾斤白酒，大家在一間小屋裡圍桌而坐，喝酒吃肉涮火鍋，聊天說地，會唱京戲的也會趁興來幾嗓子，好不痛快。美棠是每次必到，因她最愛熱鬧。雖不喝酒，但吃點小菜，嘗嘗豬頭肉也頗有韻味，還能喝點鮮湯，聽我們胡說。

除此以外，愛打籃球的人總

是最容易交朋友。我和總務小李就是這樣熟絡起來，時常相約到附近一所小學的籃球場去玩球。段上還有個姓楊的分段長也愛打球，有次經他聯絡，附近一所中學說要和我們工務段作一次友誼賽。於是楊段長、小李和我作為主力，又湊了兩個稍懂籃球的人去中學打了場比賽。那些年紀輕輕的中學生怎麼會是我們的對手……

楊段長待人很客氣，一次請上姐姐、姐夫、美棠和我到他家去吃韮菜盒子。原來他們家是東北人，楊的妻子和母親做起韮菜盒子來熟練異常，一氣呵成，鹹淡、軟硬、火候均恰到好處，想來是他家的拿手美食，我們都吃得欲罷不能。直到很久以後，美棠和我還念念不忘這韮菜盒子，我也自不量力效仿著做了幾次，全以失敗告終。

又某日，某個分段上有一座公路橋損壞，總段需要派工程師去檢查並制訂修橋方案。到那裡路程遙遠，需驅車前往，又有人說該地有處名勝叫「黃龍山」，山中有一洞名「黃龍洞」。總段上的人紛紛感到機不可失，一擁而上搭車前往，定姐、美棠和我也跟了去。那輛卡車可算得上是真正的老爺車，車子一發動，就像發了癲癇一樣上下左右顫動不已，遮泥板劈啪作響，拍得好像蒼蠅振翅。車廂兩旁是脫了漆的木板凳，留給女士們坐，男士都站在車廂中，定姐和美棠則擠入駕駛室以示優待。車子就這樣顫巍巍地出發了。及至黃龍洞，嚮導點燃了隨身帶來的火把——似是以竹竿紮成，頂端浸塗了一些油漆狀的物質。那時黃龍洞還完全沒有人工開發，足下是濕滑的石塊，腳下的路忽左忽右，兩側都是大小不一深深淺淺的水潭，水色青綠而暗；火把的光亮像要被洞中的深黑吞吃了一般，不知從何而來的水自石壁上流淌下來，發出輕微的聲響。但那時我們年輕，美棠也不費力氣地和郊区有一個名胜「黄龙洞」。某次段上去查修桥梁，大家乃乘「公車」去逛，因此桥与洞相距甚近之故。
此洞洞口果是高大，有如現今「希尔頓」五星级宾馆之接待大厅。由向导（即今之导游）执火把率我们鱼貫而入。洞深約五百米，也无非是钟乳石与水潭所构成的各类奇観而已。

我們一起闖過這些「險灘」。嚮導一路跟我們講解一些「這個是觀音」、「那個是蛤蟆」之類的話，並不怎麼像，大家不甚在意。但隨後他講了另一個故事。說一年前有一對外省來的年輕夫婦，請嚮導帶他們遊覽。走到洞深處時，嚮導遂將兩人殺死，劫去身上財物後逃之夭夭，屍首棄於洞中，直到數月之後有人來觀光才被發現。這真讓美棠和我驚魂不已，這時洞也走到了盡頭，前方已是濕冷的石壁，大家乃循原路返回。

那個時候在安順，每隔十天半個月的，山區裡的苗族就集聚在縣城附近某所「趕集」。美棠和我也湊熱鬧趕過他們的集市。苗族男女帶著各自的農副產品和手工製品趕十餘裡乃至數十里山路前來，有雞、蛋、玉蜀黍、地瓜、豆子，也有毛巾、頭巾、圍裙等等。苗族人靠著這些換點現錢，並買些火柴、煤油、肥皂一類的日用品回去，生活於安顺山区苗族人民甚多，民风淳朴，生活艰苦。每隔十天半月会来赶集，他们带来农产品，换取一些日用品或银钱。某日，美棠与我去赶集游玩，我见一中年妇女在卖板栗，我未问价，就说：买五角钱的。不料她用一个大笆斗，满满地装了一斗给我。我手足无措，只好脱下上装，兜着走也。

平

他們確是艱難的。他們都著藍色衣裙，上邊繡著花紋圖案，頭上也以藍布一層層包裹好，神色純淨，置身其間彷彿走進幾百年前的社會一般。那天我們看到有位中年苗族婦女在賣板栗，板栗很新鮮，我也未多問價錢，便說「買五角錢的」。本來只想路上嘗個新鮮，誰知她抄起一個巨大的笆斗，滿滿地裝了一鬥給我。我始料未及，手足無措，只好脫下上衣攤在膝上兜著，真真成了吃不完、兜著走。

除了搭伙在段上外，美棠和我仍是常常上街找些小吃。安順有一條東西向的長街，街上有間賣米粉的老店，招牌寫著「八佰春」。依字面義推測，莫非這家店的歷史有八百年之久？我們也不大相信，但是既然店名甚雅，不妨進去領略一下。老店很破舊，門面也不大，前邊置灶台，店堂裡只有不曾上漆的破舊方桌兩張，粗木長凳三四條，牆上灰暗。再看後堂，盡是堆放些破損的門窗、廢銅與爛鐵。蜘蛛網結在後窗，迎風飄蕩。美棠和我顧不上那麼多，江西人都喜食湯粉，既到了這裡，必須嘗嘗貴州米粉和江西米粉滋味是不是相當？我們相對坐下，兩碗湯粉端上來了。米粉細嫩而滑，可與麻姑米粉媲美。湯清而鮮，再以炒碎的精肉末與經炸過、切成小丁之豬油渣作澆頭，撒上蔥薑細末。蔥花生翠，肉末鮮香，襯著清湯，極合我們口味。此後美棠和我便時常光顧這家粉店。奇怪的是，顧客也總是我們二人，從未見過有本地人來此吃粉的，門前冷落，不知是不合當地人喜好，還是此中消費對當地人來說偏高。美棠和我則每談及此事都要眉飛色舞一番，討論著這家八百年的老店也不知如今還在不在。

安順尚有一種平民小食深得大眾喜愛——烤玉米棒子。苗族人也做這種生意，沿街擺一火爐，玉米置於其上慢慢烤著，香而有嚼勁，價極便宜，是美棠和我最愛的零嘴。

安順街道窄小。西街有一米粉店，招牌叫「八個春」，店堂破舊，兩張桌子也系旧物，環境甚差。吳棠与我試吃其米粉，味道不遜于南城之米粉，乃常去光顧，价亦不貴。但顧客稀少，生活水平所限也

2009.1.17.

貴州安順的"零食"

贵州安顺賞月图

轉眼又至中秋。晚飯後我在街上買了兩塊廣式月餅，拿回「亭子間」來。我們二人斜躺在床上一面啃月餅，一面想著家裡現在不知是怎樣。月光從四處窗戶鑽進來，在樓板上床頭前滿滿鋪了一大方。這一年是一九四九年，舊社會的最後一個中秋。

十一月，風聲漸緊。我曾聽人說過街上有個算命的老人卦很準，名叫「卓聾子」。於是在一個晴天，美棠與我走上長街尋訪他，終於找到了。店面不大，只有尋常店鋪的二分之一規模，門前斜掛一條彩色布旗，上書「卓聾子」。算命的老者身材不高，有清癯之容。卦金也不便宜，要四元大洋。我報上八字，他推算一會兒，對我講了很多，而今已記不真，唯有一句當時便對美棠和我有很大觸動，曰「平生利於東南」。因我倆當時也正在思考，段上的工作並非在編制內的正式人員，此地亦似非久留之地，卓聾子這句話更加深了我們的去意。

十二月初，國民黨軍隊的地方力量已撤空，安順成為權力真空地帶。士紳與商賈集資邀請地方上的黑道人物出來主持治安，我們自己也保持高度警覺，大門終日緊閉，夜間不敢熟睡。這樣過了兩三天，在一個晴朗的冬日，大批解放軍進入安順城裡，兩側有民眾打著紅色綠色的紙條標語夾道歡迎。安順就這樣解放了。

安順解放後不久，新政府把總段上的人馬來了個連根拔，我們全體遷往貴陽。到了那邊，大家住在一幢大的四合院式的古舊屋子裡，吃飯也不似從前的規格：用一隻大鐵鍋置於桌上，下燒炭爐，內放牛肉、青菜、豆腐一類，其旁再擺一疊辣椒糊供蘸食。而大家心情也再不似從前那樣寧靜寬鬆，因不知以後會如何。

安顺街上有个算命先生名叫「卓瞎子」据称十分灵验。某日，美棠与我即去找他，此人收费不便宜，要现洋四元。我安上我的生辰八字。他讲了很多，现已不复記忆，只記得有一句：「平生利于东南」。此语在我以后的生命历程中证明极其正确。

一九四九年十二月初，安顺解放。軍代表接管了公路段。半月后，姐夫及原来所有职工奉命迁往贵阳。我坐在最后一辆货车的行李堆上，看到即将离开的安顺城廟屋宇，心中想道：「这个地方今后恐怕永远不会再來了！」

一日，我上街溜達，忽見一家店鋪門前豎著一塊大牌子，上面用紅紙寫了「開往南昌」四個字，「南昌」兩個字特別大。我又驚又喜，忙上前打聽，原來車主姓辛，是南昌人士，他有一部美國人造的「大道奇」公共汽車，明日即取道湖南，開赴南昌，現時正在招募旅客，每人車資六十大洋。我趕忙付下訂金，奔回去告訴美棠。美棠聞言也很高興，我們馬上收拾起行李，告知姐夫和定姐時他們頗感意外。晚上，姐夫在燈下匆匆修書給我父親，定姐則拿出半斤白木耳讓我捎去。

次日出發，我與老辛商量讓美棠坐在駕駛室，他一口答應下來。美棠又擔心起我們隨身所帶黃金首飾的安全。老辛說，有辦法。囑我們

美棠將所帶金飾交予
老辛，置于汽车轮胎中，以
策安全。而老辛亦將其秘
密以相告：木制之制动器
（左图）中藏有鴉片，回南
昌后可賺一筆也。
车轮
制动
三角木
2008.7.6.平如

將飾物包好後，他把包袱放進汽車輪胎裡，可保萬無一失。同時，他也告訴我們他的秘密。原來他的車上有一木頭「制動器」，俗稱「三角木」，是停車後置於車輪前用來防止車輪移動的。貴州盛產鴉片，老辛販了一些來，將三角木挖空，以鴉片填入，外面仍以原來的木材封閉，做得天衣無縫。置於駕駛座腳下，可以輕易瞞過檢查人員的視線。

開車後我才發現，這條路上的治安尚未恢復，很不太平。湘西與貴州的交界雪峰山脈是著名的險要，自古為盜匪出沒之所。若偶爾掀起車上大帆布篷的邊沿看看，即可看到車子正在大山的邊沿搖搖晃晃地行駛，底下是深不可測的山谷，再往下看更可看見谷底汽車的殘骸。老辛開車喜快，

自恃車技高超，常邊飆車邊自我稱讚，令我很是擔心；副駕老劉則作風穩健許多。他二人輪流駕駛，匆匆趕路，除去中午吃飯與晚上住宿概不停車。當晚大家宿於客棧，晚飯時聽說一個新聞，在我們車子前面的一輛商車叫土匪搶了，在我們車子後面的一輛商車也叫土匪搶了。我們這輛車僥倖逃過一劫，但美棠和我聽了卻著實擔心。二人回到房中坐在床沿，面對爐上火盆商量起來。想起前路險惡，一時萌生退意。我便去找老辛談，說我們不打算再走，並想退回部分車款，老辛卻覺得這樣不好辦，勸我們繼續前行。事已至此，我再回房與美棠商量，也覺得回頭路亦很難走，於是兩人計議定，賭一把運氣繼續前進。

第二日晚間，美棠與我在客棧房間裡，仍是對著火盆將我以前著軍裝所拍的照片付之一炬。還有一件綠色的軍便服，覺得留著也不妥當，便隨手扔在客棧房間了。

四天以後，我們安然抵達目的地——江西南昌陳家橋十八號。乃是一九四九年的十二月。

五　十字街頭

美棠和我眼看身邊太多家庭妻離子散、親人反目、家破人亡，但幸我們從沒有起過一絲放棄的念頭。

回到家，父親給我報了戶口，又去派出所填寫了「舊軍官登記表」。時局日益緊張，岳父也結束了漢口的錢莊生意，經南昌回臨川。

這年春節，我們仍和往年一樣玩牌消遣。但年一過，就要考慮今後的謀生了。岳父也在想辦法。年後他來到南昌和父親商量，準備給我倆開一家店。但做什麼生意呢？我們怕單純的「買賣」難做，想做點有勞動力的加工產品，要麼，就開個切麵店吧。買來麵粉，自己加工做切麵，這樣便屬手工業。計議定當，岳父託人從漢口買來一台切麵機器。起初岳父擬取名「利群麵店」，父親又覺得「群」字筆畫較繁，不如改為「利民麵店」。

岳父自己出去找店面。我只想租個小店面，賣點熟麵試試，但岳父大概做慣大生意，看中了珠市街口、象山南路一家新蓋好的店面，門面約有三十平方，上下兩層，店租每月四石米。樓下左首有一間小房間，岳父便住在這裡。外面就是店堂。

我申請了工商牌照，並印了數百張包乾麵的捲紙，上面有利民麵店的招牌和店址。父親的書記員趙椿林此時也無事可做，自願來店裡幫忙做麵、挑水，管吃住，工資不論，每月拿五角錢零用。我們又花三元買了一只舊的、半圓弧形的黑漆櫃檯，在左首擺放了一個雅致的玻璃門書櫥。那原是毛貽蓀的書櫥，現在拿來作擺放捲子麵之用，可算是「斯文掃地」了。店堂前堆放二三十袋「兵船牌」麵粉，是最優質的品牌。一張方桌，供吃飯和待客之用。右首牆邊是我們的切麵機。最後面是廚房。屋後有個寬敞的院子，總有五六十個平方，未經收拾，只圍以竹籬。除了晾曬衣物以外，那年中秋，我們也曾在那裡擺過一張小桌，供奉果品，以事賞月。美棠和我住在樓上。

▲岳父和父亲在商量合开店的事

南昌「經商」記

一九四九年十二月，我俩回到江西南昌陈家桥十八号，其时我28岁，美棠25岁。

时局日益紧张，生意不好做，汉口的岳父也结束了钱庄的业务，回到江西临川。

一九五〇年年初，岳父即来到南昌，他和父亲商议准备和我俩合开一个店铺，考虑到单纯的买卖生意恐怕难做，最好要生产有点劳动力的产品，要么就开个切面店吧，这属于小小的手工业，总比闲坐在家里要好。

岳父起初打算把店名取为「利群」，父亲说：「群」字较难认识，笔划又多，不如改为「民」字，于是决定取名为「利民面店」。

岳父自己每日上街去找店面，他做惯了大生意，眼界大，在象山南路（珠市街口）找到一家新完工的铺子，门面有二三十平方，有两层，后面有一个院子，月租四石米（那时一律以实物计价）。岳父托汉口的朋友买来一架切面机器，我们申请了工商执照，我印好了我设计的卷面纸。父亲的书记赵椿林此时无事，便也加入面店工作，我们买好面粉……于三月间便正式开张营业啦

平如

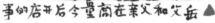

我和趙椿林到別家麵店去偷師取經，觀察老師傅的做麵方法。自己回來多次試驗，總算做成，但品質很不穩定，不是太濕，就是偏乾。

籌備工作持續到一九五〇年三月，我們的麵店正式開張了。美棠那時已經懷孕，開張那日岳父興致很高，置辦了不少酒菜，請一眾親友來店裡吃飯。那日店裡熱氣騰騰，眾聲喧嘩，大家笑著談著，歡聲好像昨日。

美棠與我在象山南路閒逛時，有一天忽見路旁有塊牌子上書：松鶴園。我倆張望了一下，它也並非店鋪，而是居家的屋子，桌子僅有兩張，也未見其他顧客，專做鍋貼餃子。我們好奇得很，就進去嘗試，發現味極佳美：這鍋貼做得皮薄而脆，金黃而沒有焦黑，火候適中，餡子鮮嫩多汁，價亦公道。此後我

們便常常去此地。

棋盤街十字街口轉角處，有家油炸豆腐專賣店，頗有名氣。他家豆腐塊頭大，油炸過後再投入大鍋，加入佐料，長時間地燉煮著。故豆腐外焦黃而內白嫩，熱熱地打上來，鮮嫩有異香。晚上我常常拿碗去打四塊豆腐回家和美棠作夜宵。

一九五〇年四月二十九日晚上十時許，美棠在樓上臥室裡陣痛加劇，急去請來醫師，父親和姨嬸聞訊也趕來寬慰美棠。兩三個小時，希曾出生了，大家高興極了。「希曾」的名字是父親所取，他還說，就在前數日他曾得一夢，夢見一條黑龍在面店門口翻騰飛舞。

岳父很會烹調，每日買豬肚豬肝等給美棠加強營養，岳母也從臨川趕來，帶來了手做的嬰兒鞋帽等物，家裡天天

歡喜忙碌。滿月那天，我們在麵店辦滿月酒，大家又熱鬧一番。

至於店裡的生意，卻十分不盡如人意。濕麵一天只能賣個三五斤。有一天夜裡，店裡來了個賊，偷去一把中號的切麵機器刀，順便還背走一袋麵粉。中刀乃是常用的刀，失去了它，我們就只能切出寬麵和細麵，不能切出中等寬度的麵了。我們起初懷疑是一百米開外的一家老切麵店找人幹的，後來又懷疑常在附近賣草藥賣膏藥的一個山東大漢，因他一面賣膏藥，一面也賣弄武功……不過怎麼說都是些無憑無據的猜測罷了。再後來，店堂裡堆積的那些麵粉則因為陽光曝曬而生出小蟲，並且略帶些酸味。如此，生意也更差了。

美棠和我喜欢的小吃

此时，店中的工作大致分工如下：岳父（采买、做飯）、平如（做麵、外勤）、美棠（照管柜台）、赵椿林（担水、协助做麵）、另请一女佣（朱妈）做家事。

一九五〇年四月十九日晚十时许，希曾出生于麵店的二楼，请一位姓聂的助产士接生。在此前数日，父亲云曾梦见有一条黑龙在麵店门前翻腾飞舞。

五月底，为希曾满月之日，我们在麵店请客。父親、姨姐、大哥、三弟、祖母舅舅、姑姑以及我外婆家的八舅母、十舅母等各家都来祝賀，在店中摆了两桌酒。岳母也自临川赶来，甚为热闹。

麵店生意不佳，
每日就只售出二三
斤湿麵，卷子麵
也很少有人问津。
每日售得的钱，
連交店租都不
够。
平如
二〇一〇、六、四、
平
趙椿林睡於樓下店
堂内，平时他都用竹
床頂住后门。某晚，他
未頂住，就在此晚，窃
賊推门而入，偷去一袋
麵粉，和一把做切面
的中刀已。次日清晨，
岳父起床最早，是
他第一个發覺的。
2010、12、26、平如

平如
二〇一〇、十二、二十六、

七月裡一日晚上，我忽然被屋外喧鬧聲驚醒。推窗一看，但見街對面之店鋪已盡著火，熊熊烈焰，撲面生痛。南昌民房多為磚木結構，除主牆以磚牆隔開外，屋內板壁一般均用木料。若天乾物燥，就極易著火。萬幸的是風向並不正對我店，窗櫺雖然被外面高溫烤得枯焦，但最終不曾起火。美棠抱著希曾回陳家橋，我與趙椿林留下看店。大火燒到天亮，總算撲滅。

到了八月間，開店已近半年，美棠一結算，虧損甚大。我們盤算一番，決定關門大吉，切麵機、櫃檯、剩餘的麵粉也都廉價處理了。

這期間我也四處在找別的出路，但並不容易。一日，我在馬路電線杆子上看到貼的小廣告，說是某測量隊需要招人，我便按位址寫信去應徵。因我在軍校學過觀測，會製作地圖，對此亦有興趣。然而信如泥牛入海無消息，我也知是「歷史原因」。

又一日，偶遇從前心遠高中的同學潘善，告訴我他現在在南昌市糧食局工作，科長對他頗信任，局裡又缺人，願意為我介紹。未幾日，他果真告訴我，說科長約我去面談。那日我如約前往，見工作處所原是一個學校的教室，靠黑板講臺處擺了兩張課桌和長凳，權當是辦公桌椅。有一位三十歲左右的人坐在兩張課桌拼在一起的辦公桌後，想必便是科長。我同他照面而坐，他問過我一些簡歷情況，辭出後幾日也再無消息。

姑媽從前在南城雇傭過的一個少年長工，我們年齡相若，那時他幹完雜活，常在傍晚時分與我和弟弟、侄子、外甥等人在後堂廳裡玩耍。後來他參加解放軍，又當上了軍官，這天找到陳家橋來與父親姑媽等人敍舊。他氣色不錯，談些部隊裡的事。我也去了，回到店裡覺得心裡悶悶的，一頭倒在店堂後小房間裡的床上便睡。美棠見狀，便知我在想些什麼，忙來我身邊勸解，同我聊聊我們未來的生活。我漸漸緩過精神來，又覺得可以好好地過下去了。

一天，我上街找工作時，看見一個招生廣告，寫的是「東南會計訓練班」正借用某校的教室在晚間開課，教授會計、統計與速記。我尋思著學習一點知識總是好事，遂報名參加。如此，每晚七時至九時便去讀夜書，這樣過了三個月，對會計學科有了些入門知識，雖然也不知道會有什麼用。

測量
招考
平如 2011.1.5.

初中同学潘善穀，此时在粮食局工作，他说该局正需要招人，他能到科长去为我介绍，某日，潘来告我，其科长约我次日去見面。

那时，粮食局连办公的地方都没有，借用一间学校教室，用两张课桌拼在一起，即作为科长的办公桌。其科长即端坐在上方，对面置一课凳（不能说是椅，因无靠背），便是我的座位了。科长询问也無非是过去之经历而已，我亦据实相告，约半小时后辞出。过了数日，消息全無，连潘善穀也看不到了……

某日我逛街时，忽見一广告：「东南会计训练班」招生：培训会计、统计、速记人員，为时半年，每晚在某校教室上课两小时，我即报名参加学习会计，三个月后即未去，因我觉得统计、速记没有什么用处。

在街上閒逛時，還遇見了初三時的同學李胄郭。他家裡窮，以前有個外號叫「酸老倌」，南城話的意思是「窮酸的傢伙」。我從來不譏笑他，他同我好。這回遇見，他提議說：「何不一起去賣點乾辣椒呢？」他向我分析道，這是一樁極小的買賣，兩元的成本就可以向批發店買一大筐乾辣椒，零星售出可獲對本之利。我反正無事可做，便同他合夥去買了一大筐乾的紅辣椒，兩人一前一後，扛了便走。

聽從他的安排，我們來到靠近郊區的一條長街上。那裡有一家鄉村茶館，館子裡有大概七八張未上漆的木桌和木條長凳。小販在那裡憩腳或者談生意，也有三五個鄉下人喝茶，擔來的菜蔬土產就倚在茶館門前的石階上，若有路過的問價，他們就立即放下茶杯做上一筆生意，否則就悠悠地喝著茶，間或抽上一筒旱煙。我們找了張桌子坐下，九十點鐘的光景，太陽熱呼呼地曬進茶館的一大半地方。天朗氣清，喝著新泡的熱茶，望望外面往來的人群，一時覺得此中真有人生的樂趣。

茶館兼賣點心。我們就喊來一盤白糖糕，一份「二來子」，也就是重新下鍋炸的隔夜油條，靜靜等候有人垂青我們的辣椒。可惜並沒有。直坐到下午四點，我們把這筐辣椒仍是一前一後地扛回城裡。再到次日，又一前一後把辣椒扛去茶館，泡茶，吃點心，無人垂青，再扛回城裡。如此一周光景。

坐茶館不行，李胄郭又提出去城裡賣。我唯命是從，兩人一前一後把辣椒扛進了城。因為沒有攤販證，進不了市場，我們便把辣椒抬到一家大戶人家門口歇腳。半個小時左右，忽有一年約十一二歲的女孩過來，說要買半斤辣椒。這可是第一筆生意啊，李胄郭操秤，我也起勁地準備紙張，包好後給她。她付了錢走了不到五分鐘，又見一個十歲左右的小男孩向我們飛奔而來，也說買半斤辣椒。我們不敢怠慢，忙認真秤給他。又過了四五分鐘，先前那個女孩又興沖沖趕來，說再買半斤辣椒。

我們心中暗喜，頗覺得財神老爺終於肯賞光眷顧。忙忙碌碌又做得幾筆生意，趁著片刻清閒，李胄郭坐著休息，忽然拍著腿叫起來：「不好了！哎呀！我們上當了！」我驚問其故，他說：「我忘記除盤子啦！」

原來盤秤的設計包含了銅盤的重量，我們沒有「除盤子」，意味著每筆生意都多給了顧客與銅盤重量相等的辣椒份量，自然顧客盈門。

回到家，美棠和家裡人對我大加嘲笑一番，說我根本不像個生意人的樣子，還學人家經個什麼商？經歷此番鎩羽，李胄郭和我都頗感挫折，乃決定停止此項活動，把辣椒扛回批發商店低價售出，了卻一段「公案」。

又到年終，十二月中旬時候，上海的十三舅來信，說他在上海經營的大德醫院總院需要會計，望我去上海任職。

美棠、岳父與父親都覺得很好，說不必耽擱，過兩日便動身吧。我便去南昌火車站買票。此時的火車站空無一人，亦無一物，徒有四壁而已。我進入一個小門，牆上張貼著殘破的火車站規則，右手邊上有半圓形的售票口。我買了票，再看四周，唯見角落裡一堆未及清理的垃圾。

那天夜裡，父親和姨嬸備了幾個好菜，也請了岳父來聚餐。吃了飯，大家款款地聊，

平如
2010.12.24.

菜市场
2009.2.11.平如

父親吸著水煙。那是我與父親在一起的最後一個晚上，但當時並不知曉。

美棠抱怨說，希曾哭鬧得凶的時候，我有時會動手打他。父親聽了忙道：「不能打！以後我給他寫個『免打牌』掛在頭頸上，再也不許打了。」一邊說，邊用點水煙的紙撚子在希曾臉前畫著圓圈。那時希曾才七個月大，只知道瞪大著眼睛，隨著紙撚上燃著的小光點轉悠。

我們決定由我先去上海，待一切順妥後再告知美棠，讓她帶幼棠和希曾同往。

平如 2010.12.24.

十月，于晚我什么事也不干，在家赋闲，晚上玩梭哈，时常是赢家，倒也快乐非凡，十二月中旬，上海的十三舅忽来一信，说大德医院总院需要一名会计，希望我去上海担任此职，闻此喜讯，父亲、岳父、姜

棠及全家人都非常开心。是日晚间，姨姐备了几个好菜，请岳父一道吃饭，饭后大家在厅堂灯下闲谈，憧憬着未来的前景，父亲说：「夜长梦多，不宜多耽搁，过几天就动身吧。」众人称是。此时，父亲吸着水烟，用纸捻（点火用，江西人称纸枚子）在希曾的脸前转来转去，纸端的缕缕青烟在希曾眼前缭绕，希曾瞪大着眼睛，骨碌碌地随着那燃红的纸捻转个不停。……这是一个欢乐的夜晚，因为，大家知道，从此我便有了一个站立在社会上的立脚之地，也便有了安定的收入，平稳的生活，也从而解除了父亲、岳父等人对我们生活的担忧。

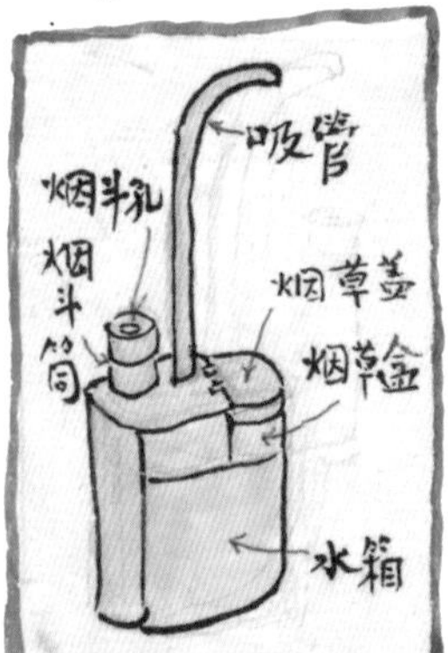

右图：水烟筒略图

烟草又称黄烟，呈绒丝状，置入烟草盒内，用时取少许置烟斗孔内，用纸捻吹着火后，点燃烟草，用嘴吸之，烟雾经过水箱时发呼噜之声，入口后，经鼻孔中呼出之。

在车上我不禁回头再看了父亲一眼

十二月底，又是一個清晨。我坐上人力車，腳下是大箱子。父親、姨嬸、美棠、三弟、弟媳等人都來門口相送。車子起了，就要走了。我忍不住回頭深深望了父親一望，隱隱地感到這許是最後的一眼。

等我再次回到故鄉南昌，已經是五十八年以後的事了。那一眼回望，也真成為我與父親之間最後的相望。

我於一九五〇年年底某日抵達上海的時候，天已傍晚，忙叫了輛三輪車直奔華山路一一三六號，十三舅和舅母在門口臺階等著我。是夜，我便在表弟房裡加了張鐵絲床睡下。

美棠和我的計畫是，我先把主要行李帶去上海，落實好住處再把她和愛堂、幼棠接來。我們起初租住在山東南路上的壽康裡，後來我在新永

安路十八號花費七兩金子訂下了兩間房。自此以後時間漫漶人往人來，孩子們在這裡出生、成長、遠行、歸來、離開，美棠與我則在這個屋簷下度過了半個多世紀的歲月。

我那時在大德醫院兼任兩個崗位，領取雙份工資。一是大德醫院的會計，剛好用上先前所學；一是大德出版社編輯，那也正是興趣所在。一家人在一起的生活忙碌而歡喜。五十年代初時，上海市民的生活還很活潑熱鬧。每個週末，許多單位的工會都會組織聯誼舞會，大德醫院的工會也是。美棠最喜歌舞，又愛與人交往，是個逢舞會必到的人物。那時候私營舞廳照常開業，美棠和我也常常去玩。

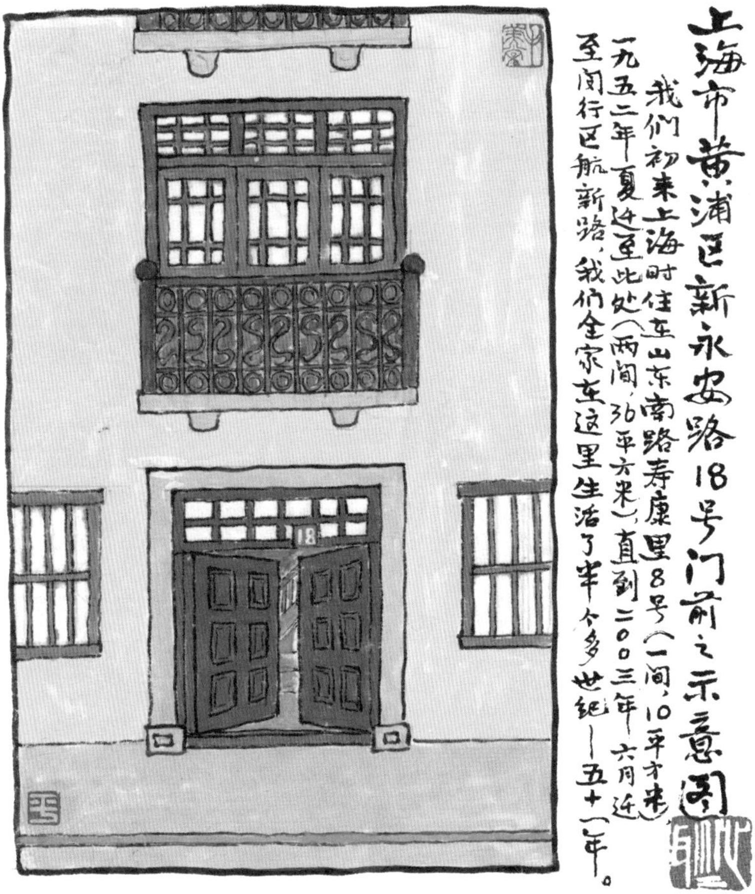
上海市黄浦区新永安路18号门前之示意图
我们初来上海时住在山东南路寿康里8号(一间,10平方米)
一九五二年夏迁至此处(两间,36平方米),直到二〇〇三年六月迁
至闵行区航新路,我们全家在这里生活了半个多世纪——五十一年。

大德医院院长
大德出版社社长 杨元吉（我的舅父）
大德医院医务主任
大德医院分院院长
章玉玲
（我的舅母）
大德医院会计
大德出版社美术、文字
编辑 —平如

大德医院的办公室

妇唱夫随

浮雲散，明月照人来，团圆美满今朝最。清浅池塘，鸳鸯戏水。红裳翠盖，并蒂莲开。双双对对，恩恩爱爱，这暖风儿正对着好花儿吹。柔情蜜意，满人间。
壬辰四月平如学画，时年九十

我終于和美棠同步了
这里太远了，我看不清楚！
这座位真好，我看得很清楚。
唔！…是的！……
我看得太清楚了！

半斤八两

不跳舞的時候，我們去看電影。我的視力很好，美棠則是近視。我們去看電影，如果坐在中間排或者後排，美棠就看不清楚。結果坐在前排……時間長了，我終於也成了近視眼。這樣一來，我終於和美棠同步了。

美棠在抗戰期間因躲日機轟炸，曾隨父母避居漢口鄉村。那時她看見稻田裡插滿了秧苗，誤以為是韮菜，留下過笑柄。

我以前也從未進過菜市場，到上海後要去菜市場買菜，也因為分不清捲心菜和黃芽菜，落下了口實。這事從此也成了我們在兒女面前互相揶揄的笑料。

我因在大德出版社編《婦嬰衛生》刊物，一次看見上面刊載巴夫洛夫的「無痛分娩法」，像得了寶，回家就對美棠宣傳起來。美棠聽我把話講完，淡

向美棠宣传“无痛分娩法”

淡問道：「這個巴夫洛夫，是男的還是女的？」「男的——」話沒說完，她就往我大腿上狠狠擰了一把：「痛不痛？」她還是淡定地問。「痛！痛！」我叫道。「女人生孩子，你們男人怎麼知道痛不痛。」她說。

孩子們的調皮，她也要一一對付。那時每值夏季，黃浦江裡總有許多小朋友游泳。申曾最喜歡游泳，長到十二歲的時候還橫渡浦江。但當時他尚幼小，水上公安局的人為了保障小孩子安全，經常派人去阻止他們游泳。孩子們見有人趕，四散逃逸躲藏，而申曾每逢這時候就躲到船底下去，危險非常。美棠便下死命令不許他去游泳。申曾想了個辦法，他游泳回來，在岸邊讓太陽把身體曬得乾乾爽爽方才回家去，心想那樣他母親定抓不到他游泳的證據。美棠見

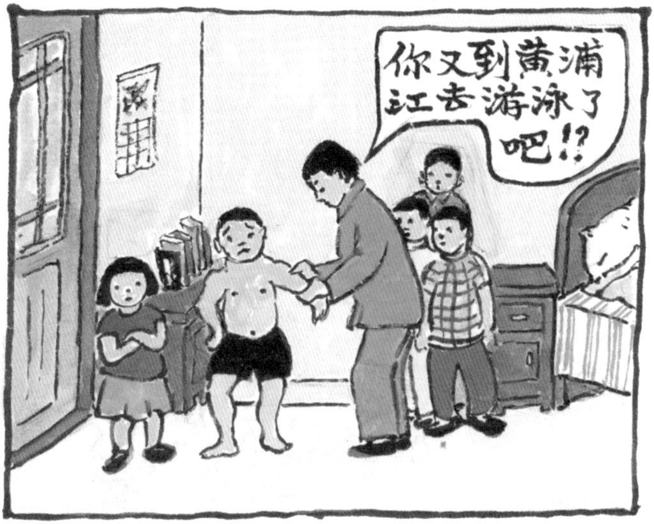

美棠用指甲划肤断案

狀，只抓起他手臂，拿指甲在胳膊上一劃——就是一道泡過水的皮膚才有的白印子。「你又去游泳了！」

那時候路上遊行很多，順曾很喜歡看。有一次，他才四歲的時候，跟著遊行的人群走啊走就走失了。我們四處尋不著他，問人也都說不見，著急得很。美棠提醒我一家一家派出所去問，果然走到嵩山路派出所的時候，說有群眾送來一個走失的小朋友。我忙騎車趕過去，天色都黑了。一踏進派出所大門，見順曾坐在乒乓桌上吃著民警給他的麵包，更有人吹笛子哄他。他倒是快活得很呢！

顺曾走丢了

我給孩子們做了一本大畫冊，封面上題了「大家畫」三個字，鼓勵大家把所見所想都畫上去，然後互相觀摩，提高興致。

孩子們小時候在畫冊上畫下各自的理想，只是現實生活改變了一切。

一九五七年，形勢發生了巨大變化。一九五八年九月二十八日，我赴安徽勞教，自此開始了與家人二十二年的分別。家計陡轉直下。動盪的年代，五個孩子正要度過他們人生中最重要的青春期，長大成人、讀書學藝、上山下鄉、工作戀愛。岳母日漸年高，所謂母老家貧子幼，家中無一事不是美棠傾力操持。美棠和我眼看身邊太多家庭妻離子散，親人反目家破人亡，但幸我們從沒有起過一絲放棄的念頭。

我做了一本大画册，封面上就写"大家画"三字，鼓励孩子们发挥自己的想象力，把自己所想的东西画上去，互相观摩，提高兴趣。

人　物	幼时理想	现在职业
希　曾	科学家	外贸经理
申　曾	海　军	体育老师
乐　曾	警　察	国企管理
顺　曾	工程师	医　生
韵　鸿	歌唱家	艺术雕刻

孩子们在小时候曾画下自己的理想，但现实生活改变了一切，把现在的职业与过去的理想列表加以对照，从而看到了他们的人生轨迹。

六 問歸期

冬天正要邁入它最冷的日子，
那麼離春天也不再遠了。

我走後不數日，出版社的人事科把美棠找去談話，勸她能與我「畫清界線」。美棠沒有理會。

多年以後，美棠與我談起此事，她說：「你要是搞婚外情，我早就跟你離婚了……可你又不是漢奸賣國賊，不是貪污腐化，不是偷竊扒拿，你什麼都不是，我為什麼要跟你離婚？！」

一九五八年的時候，長子希曾也只有九歲，卻知道生活開始變得艱難。那時正值「大煉鋼」，一日他路過外灘，見一群工人正在對著一堆鋼鐵敲敲打打，然後搬到馬路對面。希曾停下來看他們做事，就有人問他：「你也想來搬嗎？」他點頭。於是工人們就給了他一些輕小的鋼件來搬。搬了一個上午，工人們給了希曾五角錢作為報酬。希曾回家把錢交給母親，美棠詢問後大驚失色，囑他下次千萬不能再做這樣的事。

美棠自己為了補貼家用，卻常找些臨時工的活來做，甚至曾去附近自然博物館的工地搬水泥。一袋水泥起碼五十斤重，她也從此落下腰傷。

兩地相隔，我和美棠從未中斷過書信聯繫，孩子們稍大些後，也都與我保持通信。

划清界线

希曾9岁时在外滩搬运钢铁

在上海自然博物館工地上背水泥

还差一分钱

　　六安汽車齒輪廠附近有一個小賣部，兼出售郵票。有一日晚飯後，我正有一封信要寄回去，摸摸口袋尚有一把錢幣，懶得去數，便到櫃檯前問營業員買一張八分錢的郵票。付錢時候我掏掏口袋：一分、兩分、三分、四分、五分、六分、七分！沒有了！還差一分錢，營業員收回郵票，我也只好收回硬幣，帶著寄不出去的家書回去了。

　　五九年秋天，我忽得一種腫脹之症，下半身皮膚與肌肉好似分離開來，腫脹成氫氣球一般，腿的直徑總能有二十公分，不痛不癢，只是行走不便。醫務室給我開了病假休息，卻也無藥可醫。恰恰在這一天，我收到了美棠給我寄來的一瓶乳白魚肝油。

　　於是這天早晨，當伙房照例扛來一桶紅豆飯，並且給我盛滿了一個大號瑭瓷杯

神奇的乳白魚肝油

後，我把將近半瓶的魚肝油倒在熱氣騰騰的米飯裡攪拌，頓覺這紅豆飯又香又軟，滋味妙不可言，吃下去人也覺得舒服。一瓶乳白魚肝油兩天就被我吃得一乾二淨——腫脹症狀竟也隨之消失，完全復原了。

美棠因為常常感到腰痛，也曾到醫院去就診。醫生開了藥，一帖要花費兩元六角。美棠一算，這樣一個月就要用十二塊多，哪兒來的錢呢？她也就不再去看病了。

岳母於女紅方面特別擅長，五個孩子的破舊衣服都由她修整補綴，先以各色布料拼湊起來，再以靛藍統一染色，整舊如新。有一回，樂曾穿了這樣一件八卦衣去學校，結果引起學校老師的驚歎，特別把他帶到辦公室，讓全體老師都來欣賞這精彩的「手工藝品」。

美棠因腰痛去看病

大家來看看他的“八卦衣”！

我的"小发明"之一
——铅丝、车胎补鞋法

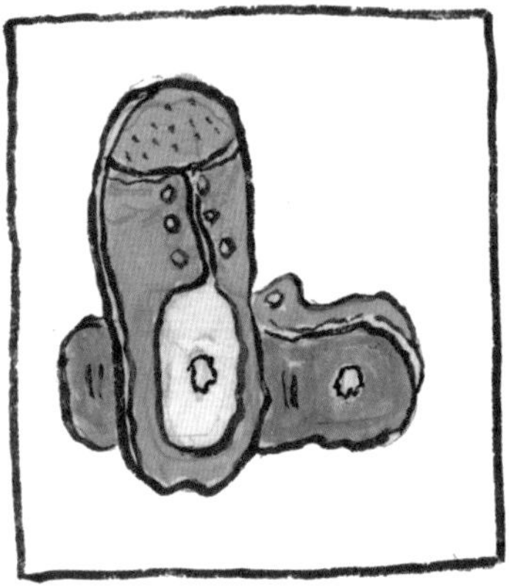

1.

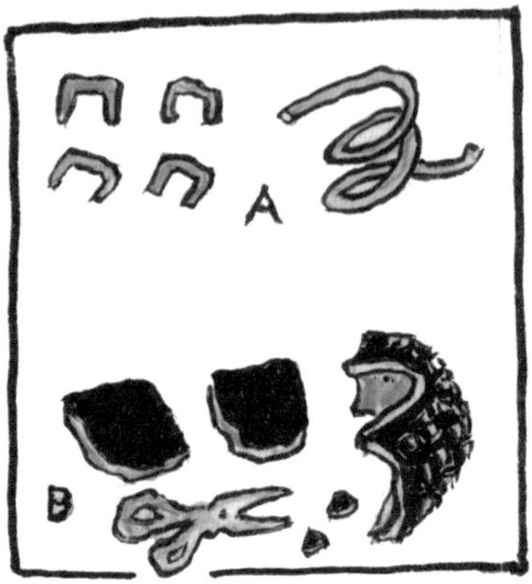

2.

3.

1. 運動鞋破了。腳跟處磨穿，有兩個洞。｜2. 首先取來一段粗鉛絲，用老虎鉗做四個寬約 2 公分的騎馬釘 A；再取一段舊板車外胎，剪成兩個與鞋跟大小差不多的方塊 B。｜3. 在後跟部，打洞，把兩個騎馬釘嵌入，然後用鐵錘把釘子敲平，即成。此法根據本人經驗可延長鞋子使用期限四至六個月。

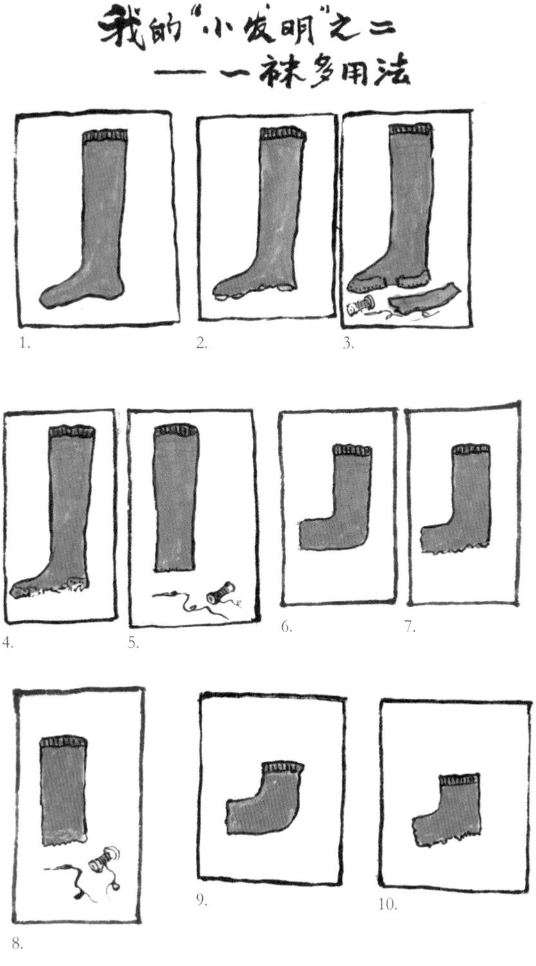

1. 長筒新襪 | 2. 襪底磨破了 | 3. 用比較厚的碎布片修補之 | 4. 補過的襪子磨破了 | 5. 剪去破損部分，以線縫合 | 6. 成為中筒襪 | 7. 中筒襪磨破了 | 8. 剪去破損部分，以線縫合 | 9. 成為短襪 | 10. 短襪磨破，可以丟掉了

伴我十年的列宁装

1.

2.

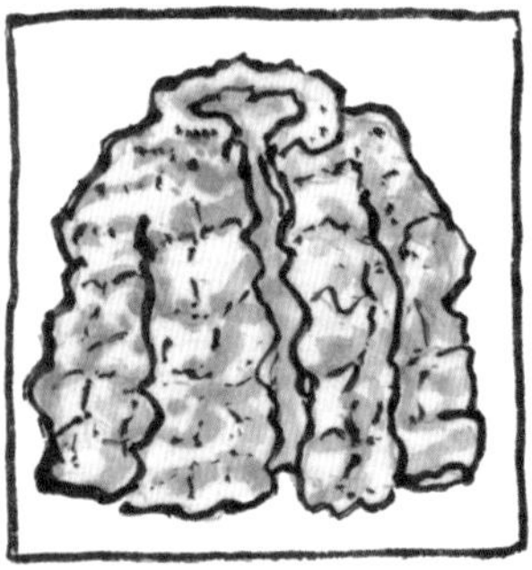

3.

4.

1. 五十年代初的時候，列寧裝是最潮的時裝。我也曾購置一件，平時不太捨得穿，唯有逢年過節或召開重要會議時才被我徵用為「禮服」。一九五八年秋，我到安徽後，美棠把衣服的毛領拆下，寄來給我禦寒。 | 2. 五年後。 | 3. 十年後。我對這件列寧裝做的是加法。一層一層補上去，最後用一條白色被單把它包住，再用一根粗線縫固，沒有鈕扣，穿的時候用帶子一紮即可。這件衣服有三大功能——擋風禦寒，這是本來用途；能防雨，因為超厚；睡覺時用它壓被子，頓時被子裡封閉暖和起來，因為幾年補下來，這件衣服已經重達十多斤了。 | 4. 一九六八年夏，我離開土方隊，調到六安汽車齒輪廠。這件衣服不再服役了，我把它折得端端正正留在工棚上平時睡的鋪位上。臨走時又對它多看了一看，為了嚴冬世界裡它曾給過我的溫暖踏實。

那時，每月發放一次「糕餅券」，美棠每到這天都會去買點苔條麻花給孩子們吃，那可是他們的最愛。麻花發放時間定於那天晚飯後孩子們做功課的時間，定量發放一人一根。

六〇年開始，美棠去黃浦區的街道生產組工作。因為心靈手巧，生產組裡每逢學習，做記錄、寫總結都是她。有時遇到新的零件加工，也總是讓美棠先去廠裡學，學會了再回來教大家。做工常常需要兩人一組搭檔，大家都爭著和美棠一組，這樣完成的品質高、數量多，自己還好省點力氣。生產組的小組長很信任美棠，每回生產組裡有什麼糾紛矛盾，總來找美棠商量。她待人和氣，辦法又多，組裡其他阿姨也常來找美棠幫她們寫材料或是家書。美棠每天中午匆匆回家一趟料理家事，給孩子們準備午餐，有空時便給我寫信，也有時是給同事們寫信——常常還要排隊。

孩子们快乐的时刻

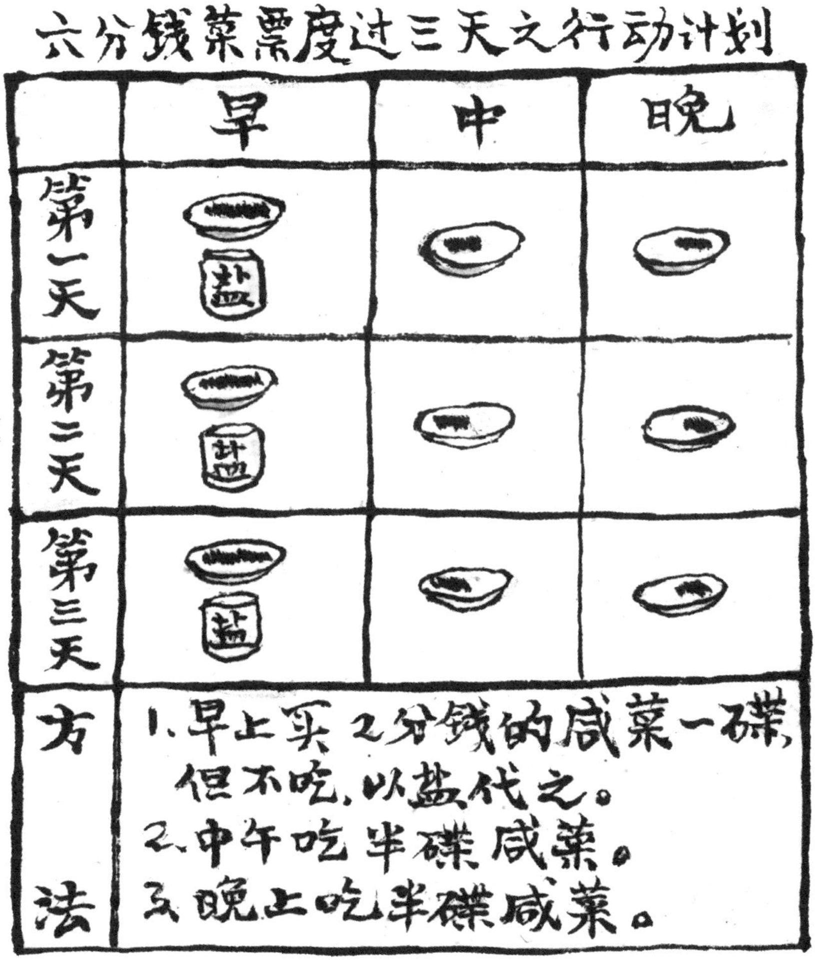
六分钱菜票度过三天之行动计划
早
中
晚
第一天
盐
第二天
盐
第三天
盐
方法
1、早上买2分钱的咸菜一碟，但不吃，以盐代之。
2、中午吃半碟咸菜。
3、晚上吃半碟咸菜。

沒有美棠的精心計算，我的經濟時常陷入窘境。

美棠替生产组的同事写信

生产组小组长来我家找美棠商量事情

午餐中的小插曲
——吃"手枪"

1. 美棠在生產組工作，每天中午匆匆趕回家給孩子們準備午餐。｜2. 有時候，午餐來不及做，只好讓他們DIY——五個孩子每人發一個小麵團，他們自己做個餅吃。｜3. 四子順曾喜歡玩創意。輪到他做餅時候，他把麵團捏成了一把手槍的形狀，烘好了就成了一個手槍形狀的餅。｜4.「不許動！」他拿著新槍很得意地指著哥哥的頭。｜5. 次子申曾一口就把槍管咬下去半根。｜6. 持槍者示威不成還損失了午餐，嚎啕大哭！

因為我的緣故，家庭「成分」差。美棠在上海，面對的困窘不僅是生活上的。她說她記得有次因事去找里弄幹部范阿姨。找到她的時候，范阿姨正背向著她，美棠遂叫一聲：「范阿姨！」就在她轉過頭來的瞬間，美棠見她原本滿面春風的臉，因餘光見著是美棠，態度變得冷若冰霜。人情冷暖，世態炎涼，信不誣也。

無处求助 祷告苍天

六八年，長子希曾中學畢業。美棠急望他可以分配到工礦單位，既可以分擔家庭經濟重負，又能幫忙料理家務。然而學校工宣隊堅持要把希曾分到農村插隊，若如此，則不但不能説明家計，反更需要家中接濟。美棠苦求多次希望照顧卻都無果。一天夜裡，小紅（平如、美棠女兒韻鴻的小名）半夜裡醒來，見母親跪在陽臺上望天禱告。她是實在無處求助了。

兩天以後，學校工宣隊被調走，來了一組新的工宣隊。申曾得到消息忙告訴母親，美棠乃匆匆趕去再次説明情況。新的工宣隊長同意美棠的要求，將希曾分配至上海的無線電廠，或許真的是上天垂憐。

這些年來，美棠把家裡的東西一點點變賣殆盡。孩子們從小坐在街邊一把一把地散賣些珠石。她本有五對金手鐲，是嫁妝，終於賣得只剩下最後一只。就在賣掉它的前一天晚上，她看著熟睡在身邊的小紅，心裡覺得難受。為人父母永遠想著要給兒女留下點什麼，卻終是什麼也留不下來。她只能把手鐲套在小紅手腕上，讓她戴著鐲子睡了一晚。待到天亮，再取下鐲子拿去賣了。

六九年，申曾和樂曾被分配去江西插隊落戶*。這時美棠已經變賣完了身邊所有東西，家裡值錢的只剩下一件羊皮襖子，就是當年她從我母親遺物裡唯一選中的物什。美棠很喜歡它，總想留著它老來也能防寒。但是兩個孩子插隊急需置辦日用品。無計可施，只能把它也拿去當。她從新北門一直跑到老西門，揀了間出價最高的當鋪，得了六十元。「醫得眼前瘡，剜卻心頭肉」，她的當票都存在一個鐵盒子裡，滿滿一盒，卻早已無力贖回。

五十年代時，我曾經買過一張裝卸靈活的小木桌。平時家裡吃飯、美棠做針線、孩子們做功課都會用它。

轉眼近二十年過去，孩子們大了，小木桌早就超齡服役。但他們對它修修補補，有的地方釘上鐵釘，有的地方用鐵絲纏緊，它還是搖搖晃晃，油漆斑駁。申曾插隊後，在農村利用便宜的人工和木料打了一套好些的傢俱送來上海，其中有一張八仙桌。小木桌無處可放，美棠讓樂曾拿去換點錢。樂曾跑去一間舊貨店，收購價兩元。樂曾把小木桌交給店主，只見他漫不經心地把它往牆角一丟，頹然倒地，木架子歪在一邊。樂曾心思敏感，見狀淒然落淚。

给熟睡中的女儿戴上金手镯

＊插隊落戶是指將城鎮的知識青年安排到農村，並將原本的城鎮戶口遷到所下放的農村生產隊。

当掉了羊皮袄子

一张“可怜”的小木桌

我在安徽的頭十年，都是在治理淮河的工地上。勞動方式簡單而原始，完全不費腦子。為了給腦袋找點事做做，我把美棠寄來的英語書上一些詞句抄寫在小紙條上。冬天放在口袋裡，夏天就放在草帽裡。勞動間隙就拿出來讀誦，可算是繁忙勞作中的小樂趣。

再後來有一陣子，我向內弟借來一把小提琴學。可平時若在工棚裡練習會影響他人休息。於是想了個辦法：我弄了一塊長方形木板，上面畫上琴弦和琴格的位置，平日晚上就在蚊帳裡用這個虛擬提琴練練指法，到周日休息才去工地外練真傢伙。

過年仍是一年裡最重要的事。每年一次的春節回家探親都是我最興奮忙碌的時候，總是大半個月前就要開始準備。先請好假，再借錢，一般總要借三十元左右，好多買些東西回家。因上海有些東西不好買，或者貴，每回都和美棠商量儘量多帶些，有糯米、花生米、芝麻、黃豆、瓜子、菜油、麻油、雞蛋、鹹鵝等等。出發那天，我黎明即起，先挑擔去五六公里外的六安汽車站，坐車到合肥乘火車，出上海站後，沿河南路疾步回家——這兩小時的路，就是回家的最後衝刺了。

到了家總得要晚上，全家人都高興非常。岳母忙著在屋外的鍋裡蒸著鹹鵝；美棠和小紅在屋里加一只煤球爐，炒著瓜子和花生，炒得滿室生香；孩子們一面吃著花生瓜子，一面就高聲歌唱起來，我也拿出口琴給他們伴奏。鄰居有位吳老太太，從我們家房門口經過時嘆道：「這家人真好啊！」一半個月的春節假期過得極快。火車票已買好，次日清晨就要離家了。我只同意長子希曾和次子申曾送我去火車站。幾個小的爭著也要送，我沒同意。爭了一會兒，最小的小紅忽然笑著說：「好！我有辦法的。」

为了不让脑子过于"清闲"，我一边劳动，一边读书。

蚊帐里面练指法

快到家了，我挑着重担，快步前进

快要过年喽！多么开心呀！……

到了天亮時分，準備動身。我到裡間去取那只大旅行包，卻只覺有什麼東西絆住了。細看之下，原來旅行包上綁了好幾個鈴鐺，鈴鐺上又用一根繩子繫在了小紅的右腳上。我把鈴鐺和繩子輕輕解開放好，而小紅還在酣睡。拎起包的時候，我再看了女兒一眼就和希曾、申曾走出房門，美棠也只讓她送到家門口。

一九七九年開始，廠裡開始流傳起一些小道消息。比如原先戶口在上海的人，只要家庭成員同意接收，便可以把戶口遷回上海。但這樣要冒風險：當時我們這些人在廠裡已屬正式工人，享有勞保和退休待遇，我每月寄回家的工資也是維持家計的主要來源。假使回了上海卻不能落實政策，反而會讓一家人的生活更陷入窘境。

就這樣，我與美棠和孩子們反反覆覆地商量權衡，最終仍是決定離職回家。於是在一九七九年十一月，我正式向齒輪廠提出自動離職的申請，簽下「保證以後決不回齒輪廠」的保證書。美棠和孩子們早在幾個月前就開始為我回家後的政策落實四處奔波，收集消息、寫信上訪、要求複查。

我終於在一九七九年十一月十六日回到上海，次日報上了戶口。冰與雪，周旋久。一週後，一家人去照相館拍攝了一張全家福照片。那時申曾插隊在江西沒趕上拍這張照，就只能在畫中把他補上。

等到上海市公安局發出撤銷我勞動教養處分的決定書，回原單位恢復原來的工資和級別的時候，已經是一九八〇年的十二月十九日。冬天正要邁入它最冷的日子，那麼離春天也不再遠了。

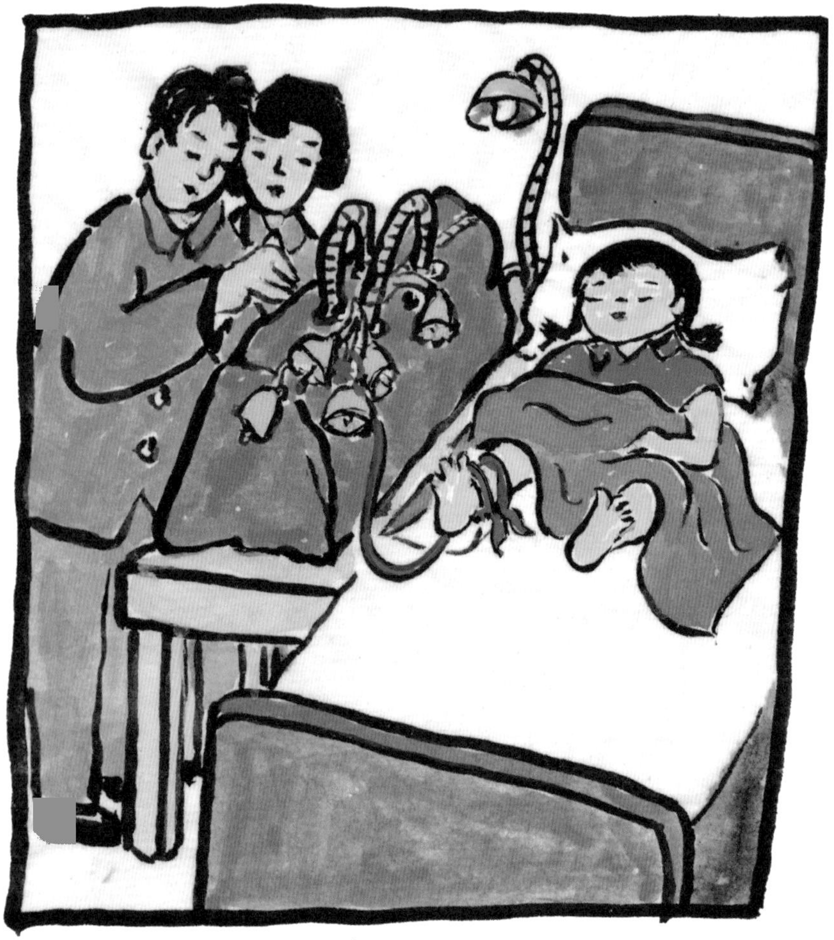

小紅腳上的繩子和鈴鐺

返回上海后第一張全家福照片

她對生活那樣簡單的嚮往，竟終不得實現，
「他生未卜此生休」，徒嘆奈何奈何。

七　君竟歸去

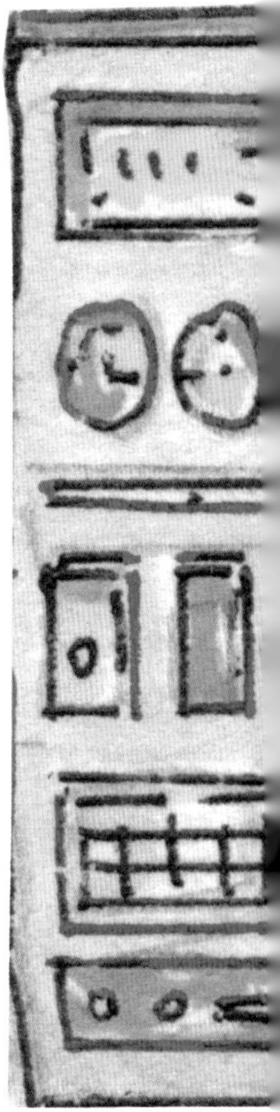

彼時，我回到科技出版社，孩子們也都紛紛立業成家：希曾仍在無線電廠，申曾留在江西在中學任教，樂曾響應政策已回到上海，順曾在醫院工作到了第二個年頭，韻鴻不久後更是結婚嫁人。

兒女們漸漸立業成家，孫子孫女也陸續出世。我們的生活雖清貧卻祥和安靜，每到晚上我在書桌前看書稿，美棠便歪在床上教孫女舒舒唱唱兒歌。我想起小時候去外婆家，也是這樣的祥和安靜。在外婆臥室裡，我看見裡面門楣上常年貼著一個紅紙寫的斗方——福壽康寧，老年人對生活的希求古來如此。

一九八二年六月二十日上午，我胸腹突感劇痛。美棠急陪我到瑞金醫院就診，次日確診為急性壞死性胰腺炎，需要立即動手術。醫生向家屬說明病情，美棠嚇得雙手發抖，無法在手術志願書上簽字，最後還是由孩子代簽了。手術很成功，但十七天未進飲食，靠灌注「生命要素」維持。到了第十八天，我雖有便意但因宿便乾枯硬結而解不出。美棠遂以手指將硬塊一一摳碎，我方得以排便。

在安宁中感受幸福

我在醫院臥床休養近一個月。美棠每日早上五點就去排隊買黑魚，回家熬成黑魚湯。醫院規定下午三點家屬開始探望，她又急匆匆帶著飯盒乘十二路到瑞金二路，走上一段路從醫院後門進來，每天總是三點一刻左右。病房在二樓，每天快到時間了，我都到走廊上去望，那裡剛好可以望見她手提著飯盒走過一條小徑，直奔病房而來。一望見她，我又趕快回到病床躺好。三五分鐘，就見她氣喘吁吁地上來，一進來便著急地打開飯盒，湯還是熱的，催我快喝。

這短短幾分鐘的場景，我一直都深深地記得。只如今，喝湯的病人還好好地活著，送湯的人卻永遠離開他了。

夏天的早晨

夏天的早晨，我和美棠買菜回來，一起在房間裡剝毛豆子。

在医院的走廊上等待着

看海豚，我成了落汤鸡

孫兒元元八歲時，有次黃浦區體育館舉辦節目：海豚表演。我覺得機不可失，遂帶了元元去看。演出散場竟遇大雨，我沒帶傘，只好背起孫兒在各個屋簷下東竄西跳，由體育館一路狂奔回家。昔人含飴弄孫為樂，我今冒雨背孫，亦為一樂。平如時年六十六歲，美棠時年六十三歲。

美棠腎一直不好，最後終於確診是糖尿病。糖尿病患者的主食最好是麥澱粉，因它蛋白質和脂肪含量低。但麥澱粉做起食品來卻很不容易，它不像麵粉那樣具有黏性。樂曾對食品製作頗有經驗，而且有耐心。他用熱水拌和麥澱粉，小心地反覆試驗比例，竟把麥澱粉捏成了麵團，又擀成了水餃皮。於是我們把蔬菜作餡，做了許多麥澱粉水餃，或蒸或煮，美棠很愛吃。

乐曾巧做“麦淀粉冰饺”

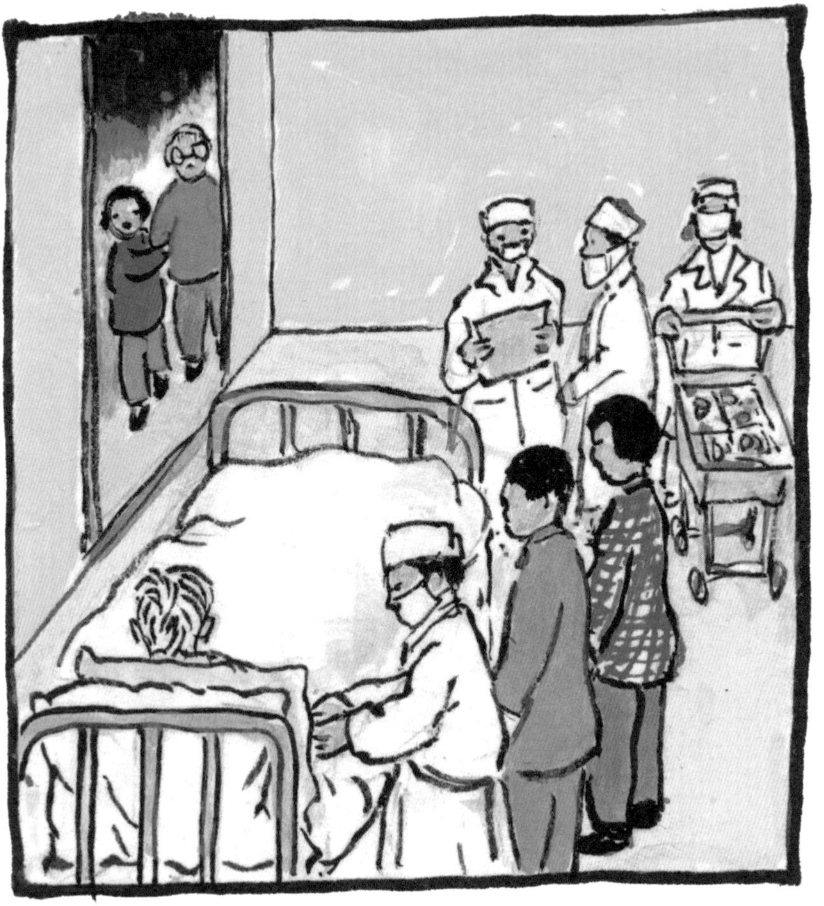

耳听是虚，眼见为实

美棠怪我「什麼也不會做！」

二〇〇四年，我因心絞痛入住中山醫院，施行心臟搭橋手術。手術很成功，術後住院一周察看。兒女們輪流來院陪伴，美棠身體不好，他們不讓她來，告訴她一切都好。可美棠還是不放心，第二天就讓孫女舒舒陪她來院探視。親眼見我精神很好，她才放下心來，又跟我談了一陣子，才愉快地回家去。

再說家裡的貓因為幾日不見我，不肯走動，三四天不進貓糧。美棠又著急起來，對舒舒說：「不得了啦，阿咪抑鬱症啦，你快陪她玩一玩，給她吃肉鬆吧！」一直到我出院，回家那刻，美棠自不待說，貓見了我也又跳又叫，在我腳邊「喵喵」地繞個不停。

午睡图
公元二〇〇六年十二月三日
平如作

Perry 7.3.03
終于有了一个忠实的听众

你为什么在小时候不去学画图？否则，你已经是个画家了！现在学画有什么用？
!?
福
老年人学画
一个难以答复的问题
二〇〇五年平如

到南翔去吃小笼

退休在家時間多了，我便正經八百備齊了顏料、宣紙和一些國畫教學書，在家臨摹起來。每有新畫成，先給美棠看——美棠的反應通常以哂笑居多。我初中時候念的南昌第一中學，聽聞傅抱石先生曾擔任過美術教員，可惜在我入學前已經離開。我曾跟美棠說笑，如果有傅抱石的指點，那一定畫得比現在好，後來她就反過來拿這事來打趣。可她說得最多的，還是怪我早幹嘛去了。

孩子們的生活漸漸轉好，一年春天，大家相約一起去南翔吃小籠包。美棠這時出行已需要輪椅，但她那天特別高興。我們找了家乾淨雅致的店堂坐下，美棠胃口也很好，食畢又帶她去了古漪園玩。後來直到她病重囈語，還提起過，要一起再去南翔吃小籠包。

美棠所患疾病，需要每天進行腹膜透析。我去醫院向護士們討教了辦法，又購齊了相關的設備，在家裡每天給她做腹透。這樣一做就是四年。

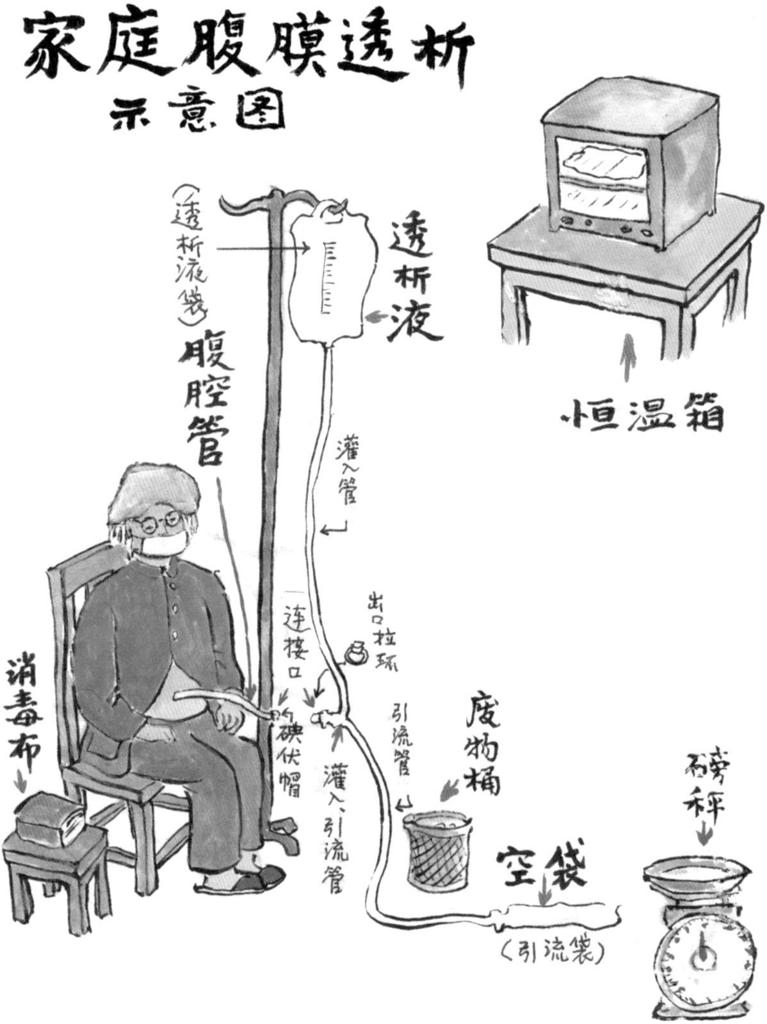
家庭腹膜透析
示意图
（透析液袋）
透析液
恒温箱
腹腔管
灌入管
连接口
出口拉环
碘伏帽
消毒布
灌入、引流管
引流管
废物桶
磅秤
空袋
（引流袋）

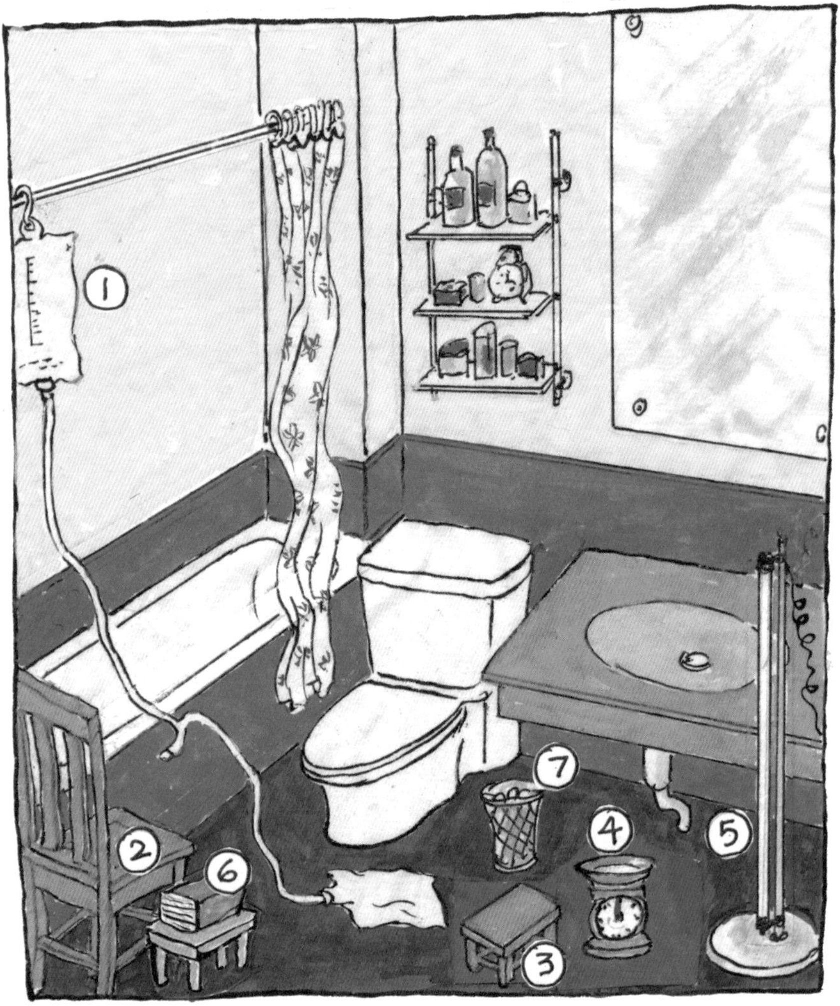

我家的"腹膜透析室"

1. 透析液袋 | 2. 美棠坐的木椅 | 3. 我坐的小凳 | 4. 磅秤 | 5. 紫外線燈管 | 6. 消毒布 | 7. 廢物簍

這是我和美棠臥室內的小衛生間，由於較易保持清潔，被我選作家裡的「腹膜透析室」。腹膜透析準備工作如下：將整個房間，包括天花板洗擦乾淨。用福馬林消毒液向四周噴射。最後，用紫外線燈管照射三十分鐘。務必保證無菌環境。紫外線燈管是女婿張偉德自己設計製作的。他去舊貨市場找來有一定重量的金屬圓盤作為燈座，將一根金屬棒垂直固定於燈座上。再買紫外線燈管，固定在金屬棒上。如此，則不僅節省空間，而且移動方便。

我向醫院裡的護士求教，讓她詳細教我腹透的工序，並畫下她示範的手勢。回家後就把求教筆記整理成表格，張貼在木椅後的牆壁上，看一步，做一步，不敢大意。

做腹透前，美棠和我都戴上髮罩口罩，用消毒肥皂洗淨雙手。

透析液袋懸掛在浴簾橫杆上。

美棠坐在木椅上。腹透時「灌入」一般需時四十分鐘，而「引流」則不到半小時。為了讓美棠坐得舒服些，我也曾買過帶有靠墊、坐墊的折疊椅，以及帆布制或竹制的躺椅，但都不理想。或太硬，或太低矮，使腹腔的廢液不易完全引流至體外，發生殘留現象。最終還是用了這把木椅。

腹腔管和灌入／引流管的連接成功後，須用一塊消毒布將連結處覆蓋，置於患者膝部，加強消毒措施。

我操作完畢，也坐在小凳上休息。碘伏帽和拉環則棄入廢物簍。

家庭腹透最重要的一道工序
——腹腔管与灌入/引流管的連結

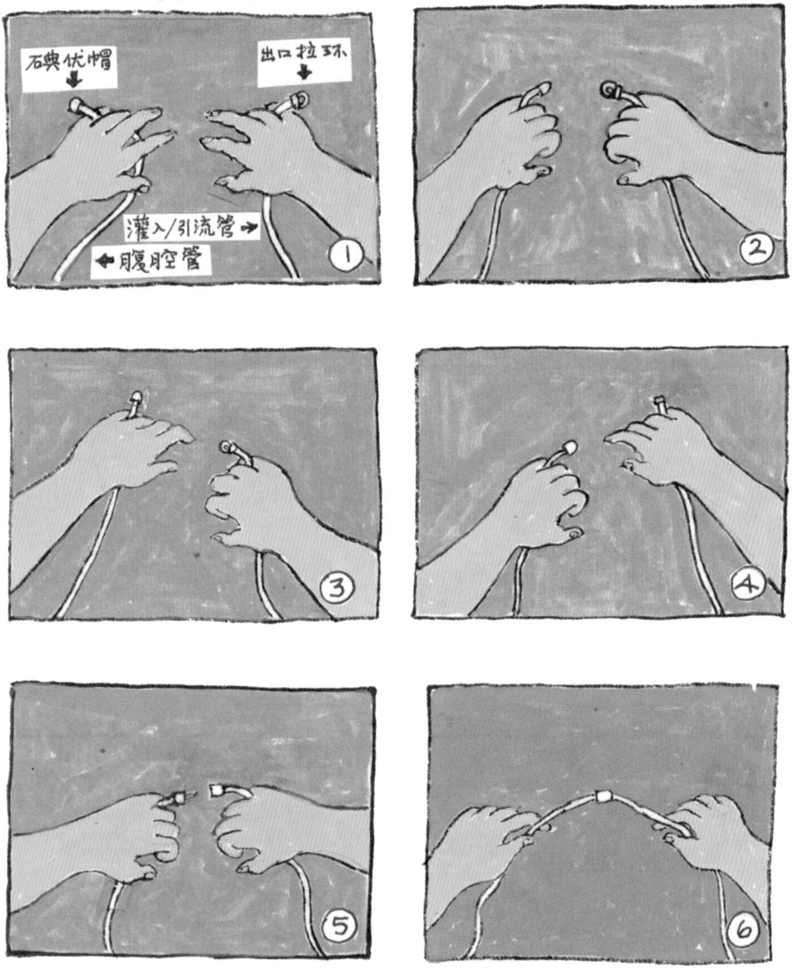

1. 左手的無名指和小指夾住腹腔管，右手的無名指和小指夾住灌入／引流管，兩管頂端均需留出 2cm 左右。| 2. 兩手的手腕向內旋轉，使兩個管的頂端互相靠近。| 3. 左手拇指和食指將右手所夾的灌入／引流管頂端的出口拉環拔掉，迅速棄入廢物簍。（此時內有螺紋的套帽已暴露於空氣中）| 4. 右手拇指和食指將左手所夾的腹腔管頂端的碘伏帽向內旋轉後取下，迅速棄入廢物簍。（此時呈螺紋狀的腹腔管尖端入口已暴露於空氣中）| 5. 兩手手腕再度向內旋轉，使腹腔管的尖端入口近距離地對準灌入／引流管的套帽，並將尖端插入套帽，立即向外旋緊。| 6. 此時，腹腔管和灌入／引流管已經連接成功，可以進入下一步工序（灌入或引流）了。

附注：在拔掉灌流／引流管頂端的出口拉環和取下腹腔管頂端的碘伏帽之後，必須儘快將這兩根管子連接起來，以減少其暴露在空氣中的時間，進而減少受感染的機率。我完成這道工序的時間是四至五秒，四年多的操作中從未出過意外。

“去拿把剪刀来！我要把
这被子剪小一点！”

“你故意把舒舒藏起来了……”

美棠初病時，有時講話前言不著後語，有時則顯得不通情理，性情乖僻。我總以為那是老年人性格上的變化，不足為怪。直到有一天，她躺在床上對我說：「去拿把剪刀來，這被子太大了，我要把它剪小一點。」我方才大吃一驚：她是真的糊塗了。也是那一剎那，我心裡覺得一種幾十年分離也從未有過的孤獨。

又一日，家中只有我與美棠兩人。下午五時許，美棠忽然喊起了舒舒（孫女舒舒此時仍在上班）。我告訴她舒舒去上班了，她並不信，進而起身到一間間屋子找去。找不到，她便坐在客廳沙發上，說我故意把舒舒藏了起來。我登時覺得，美棠恐怕永遠也不可能恢復她的正常思維了。想到這裡，我不由絕望至極，一面打電話把兒女們都叫回來，一面禁不住坐在地上痛哭。

一天晚上，美棠突然說她想吃杏花樓的馬蹄小蛋糕。家附近沒有，我就騎車去更遠的地方買。趕到店裡已經很晚，幸好還能買到馬蹄蛋糕。可等我終於把蛋糕送到她枕邊時，她又不吃了。我那時年已八十七，兒女們得知此事無不責怪我不該夜裡騎車出去，明知其時母親説話已經糊塗。可我總是不能習慣，她囑我做的事我竟不能依她。

又一次，美棠忽然向我要她的一件黑底紅花旗袍。可是並沒有這樣一件旗袍——又或許多年以前她曾有過，此時忽在陳舊的記憶深流裡「沉渣泛起」。我便找兒女們商量，是否找裁縫找布料重新做一件黑底紅花的旗袍來，兒女們堅決反對。也果如他們所言，未等我放下此事，美棠自己就忘得一乾二淨，再也沒提起過它。

美棠想吃杏花楼的马蹄蛋糕

“我的那件黑底红花旗袍在哪里？”

一日傍晚，我在房裡，她忽然叫我走近前去。我過去，她對我說：「你不要亂吃東西，也不要騎腳踏車了。」那個時候的她，看起來又似往常一樣清明而理智。只是說完不多久，她又昏昏睡去，等再醒來，又是些糊塗話。

二〇〇八年早春，美棠病情日趨嚴重。終於入院治療，但是當時美棠神志不清，情緒躁動不安，囈語不斷。醫院裡的人說，她一直在唱老歌，一首接一首。醫囑須進行血液透析，但她不肯配合治療，雙腿時時要蹺起來，致血透無法進行。大家想著找個什麼來壓住美棠的腿。女婿張偉德做事認真，他回家去找來一塊上好的紅木板，又把外面以毛巾層層包裹後蓋在美棠膝蓋上，這樣她便也安靜下來。

生老病死，或許在天，雖只是一塊壓腿的木板，我們仍希望它可以傳遞一點吉祥。

美棠病重後，精神很差，終日昏睡，有時醒來，思維也很混亂，會把身上插的針管全都拔掉，非常危險。沒有辦法，我們只好關照看護人員晚間要用紗布把她的手固定在床側的欄杆上。每當我們探視完畢，剛剛離開病房，就聽見美棠的喊聲：「莫綁我呀！莫綁我呀！」聞之心如刀割。

“你不要乱吃东西啊！”

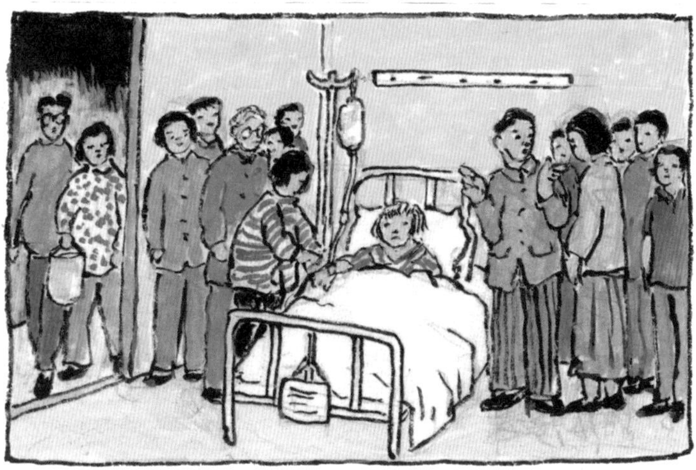

美棠住进了医院

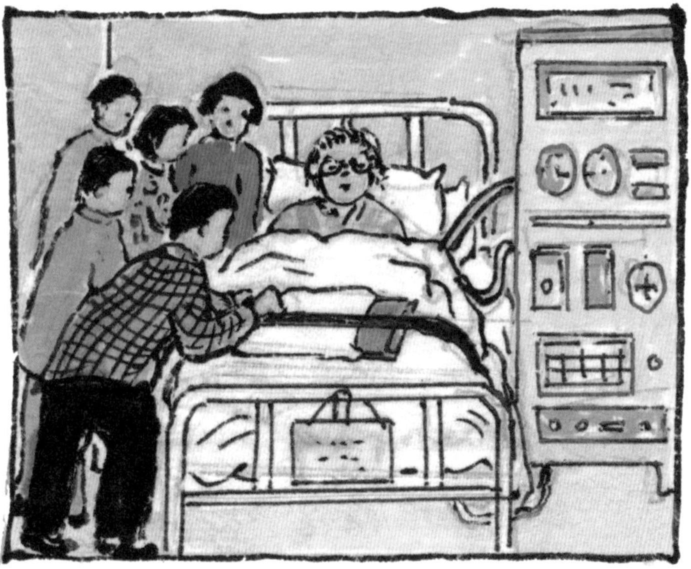

红木板帮助做"血透"

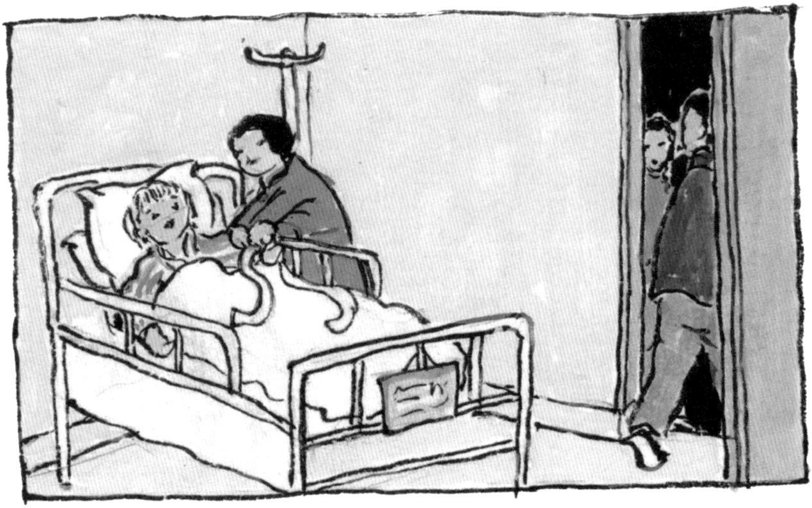

"莫绑我呀！莫绑我呀！"

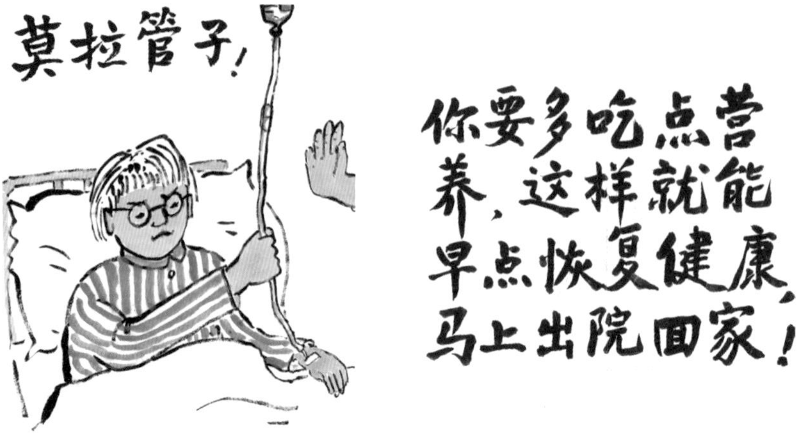
莫拉管子！
你要多吃点营养，这样就能早点恢复健康，马上出院回家！

我與美棠用圖畫和文字交流。

美棠晚年聽力本已減退，平時依靠助聽器，到了病重不再使用助聽器時，我便多用文字與圖畫與她交流。有時她看了以後，似能有所反應。

有一天，正當韻鴻陪在她身邊時，美棠忽然醒來，又好似得了一刻清醒。她對女兒說：「你要好好照顧你爸爸啊！」說罷便昏昏睡去。

二〇〇八年二月六日，是那一年的除夕。孩子們商量著把母親接回家過春節。順曾提前向醫院裡借了小床。小年夜那天，我們帶她回家。樂曾把小床架在他的大床之上，床側支起衣架和晾衣杆，掛滿了她的針管。夜裡他就睡在母親的病床旁。我們和她一起在家過了春節，她仍是昏睡或是意識不清地吵鬧。情況不好，年初八，也只能把她送回醫院治療。我們曾經一起度過那麼多相聚時圓滿、離別時期待的節日，從未想過會終有一個最後。

"你要好好照顾你爸爸啊!"

三月十九日上午，我到醫院去看美棠，韻鴻在旁。約十點，忽來了一群醫護人員對她施行搶救。起初她的眼睛閉著，後來偶然睜開，看了一會兒，也許看見了人群後的我。我見她右眼眶漸漸變得濕潤，緩緩淌下一滴眼淚掛在眼角。幾秒鐘後，她又闔上眼睛不省人事，任憑人們擺布。

十一時許，我見她安靜地睡了，便先回家休息。下午三點，順曾和韻鴻二人匆匆趕回家中，取了美棠的幾件衣服，立即接了我回醫院。四點多我踏進病房，她昏睡在床沒有反應。我握住她的手覺得尚有餘溫，然後便漸漸轉涼。

美棠走了，神情安詳。兒女們初徘徊在門外不忍進病房，唯申曾一直侍奉在側，告訴我準確的時間是四時二十三分。

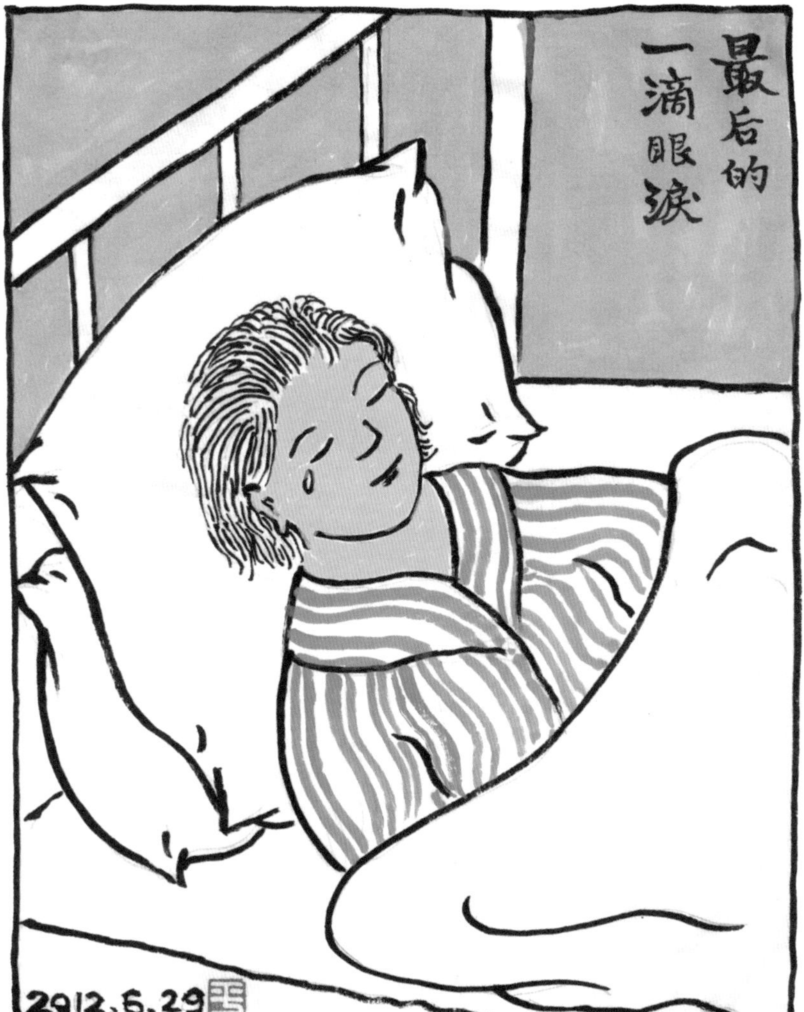
最后的
一滴眼泪
2012.6.29

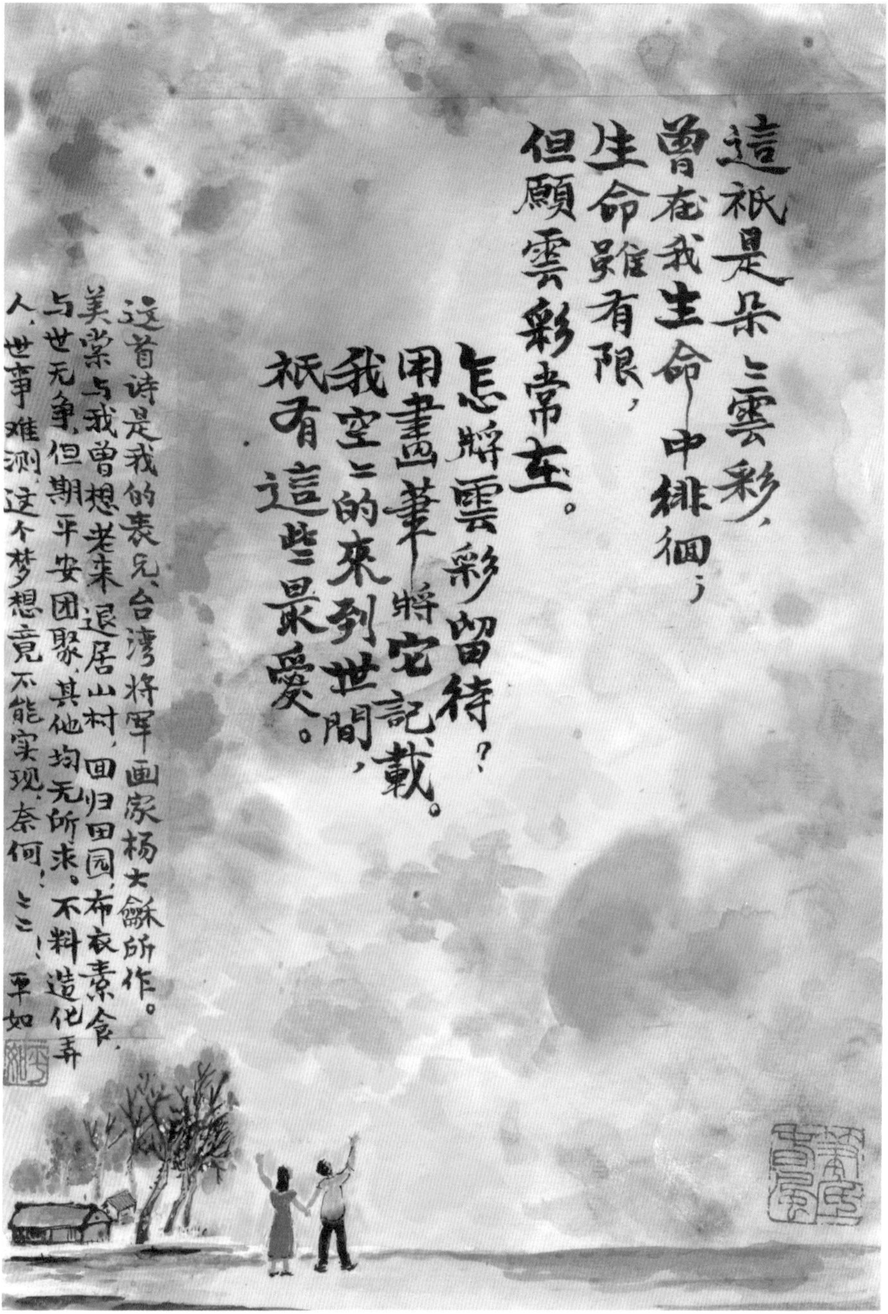
這祇是朵朵雲彩，
曾在我生命中徘徊；
生命雖有限，
但願雲彩常在。
怎將雲彩留待？
用畫筆將它記載。
我空空的來到世間，
祇有這些最愛。
这首诗是我的表兄、台湾将军画家杨大龢所作。
美棠与我曾想老来退居山村，回归田园，布衣素食，
与世无争，但期平安团聚，其他均无所求。不料造化弄
人，世事难测，这个梦想竟不能实现，奈何！奈何！
平如

年少談戀愛的時候，我們都衣食無憂。那時美棠便同我講，情願兩人在鄉間找一處僻靜地方，有一片自己的園地，布衣蔬食以為樂。當時或只是少年人的浪漫。那時候我們也不知道田園牧歌裡的舊中國已經走到了她的盡頭，只以為我們可以像《浮生六記》裡那樣「買繞屋菜園十畝，課僕嫗，植瓜蔬……布衣菜飯可樂終身，不必作遠遊計也」。

人到中年，分隔兩地，家計維艱。她又囑我一定當心身體不要落下什麼病痛，等孩子們獨立了她要一個人來安徽陪我住，「我們身體好，沒病痛，老了大家一塊出去走走，看看電影，買點吃吃，多好。」她原是那樣天真愛玩卻也要求不多的一個人，兩個人能清平安樂地在一起就是她操勞奔忙幾十年裡的寄望。

漸至晚景，生活終於安定。我得上天眷顧，雖曾兩度急病手術，但恢復良好，身體健康。美棠自己卻落下病痛，多年為腎病所累，食多忌口，行動亦不便。她對生活那樣簡單的嚮往，竟終不得實現，「他生未卜此生休」，徒歎奈何奈何！

二〇〇八年三月二十三日，美棠的追悼會在龍華殯儀館舉行，我輓她：

坎坷歲月費操持，漸入平康，奈何天不假年，慟今朝，君竟歸去；

滄桑世事誰能料？閱盡榮枯，從此紅塵看破，盼來世，再續姻緣。

附錄
寒來暑往

（一九七三～一九七八年通信節錄）

平姐：昨天10日收到你的电报，这样放心了。
我自3月21日收到你18日信后一直未收到你
的信。我23日回一信给你也未见你回信，所
以很急。本月1日开始就每天盼望你的信，无奈
4日又给你一信也未见回信，弄得我心神不定。8日
中午我心中不安，中午跑回家问有信没有，6点下
班又未见来信，我才想打长途电话，因晚上你一
定不在厂里，后来经他们说打电报问问看，所以就
打电报了，因你从来隔这么久不来信的。昨天收到
你8日来信，今天才又收到你5日来信，信中说
寄10元也未收到，28日信也未收到，不知道怎么搞
的。5日来信怎么今天才收到，看看大安的邮戳寄出日
期不清楚，好像是9日寄出。并且钱至今也未收到，
不知你是自己去寄的，还是托别人寄的，可去
问问看。这次真奇怪，28日和5日两信先都未收到，
所以家中发急，当出了什么事。并且28日信到现在
都未收到。我耽心两件事：1.怕你煤气中毒，
2.怕你到大安晚上过河有危险。所以越想

000095

000094

上海

HL3038 977 H14750 6 SHANGHAI H14750 24 8 1925
0362 1344 3086 6508 6792 0115 0617 4920 5744 6508
7003 7007 1627 1172 LUAN
0036 2607 2234 0207 0932 7193 3029 5019 2768
久未接你回电毛美棠

平如：

……

希曾今天休息和樂樂（三子樂曾）都去看電影了。《雜技》很好看，你們那兒放映也可去看看。上海票子買不到，希曾單位摸彩摸到的。還有《二十七屆聯大》聽說也很好看。

……你準備何時回上海？我看回來過中秋吧！樂樂也要過了熱天才走。江西雙搶（抓緊時間收、種莊稼）很吃力，讓他休養一個時期。好幾年沒在上海過熱天了，他每天在家練墨筆字和畫。

6月5日端午節了。我們每人配給1斤半糯米，每戶半斤赤豆。國賓（次子申曾）帶來的糯米還有半斤，準備全部包粽子。我們去年沒包過，今年樂樂在家過節，也是難得的。孩子們走出去了，在家過節的機會是不大有了。所以我準備包肉粽子，他們不喜歡吃甜的，只有毛頭（四子順曾）會吃點。我們都愛吃肉粽。1日就準備包，毛頭星期六回來，是2日。過節那天他不在家，就提前過了，無所謂。你們那裡食堂節日也有粽子賣嗎？十幾年來你都未在家過節了，在外面的人回家過節的機會是不容易。

……

毛頭回來講他考試都過了，成績不錯都是90分以上。他寫好一封信給你，走時沒講放在什麼地方，我找不到。

上班時間到了，下次再談！祝

好！

美棠5月30日早

平如：

來信收到。你準備8月回滬很好，孩子們聽了很高興。你說帶油用什麼裝呢？不好帶就少帶點，芝麻粉不要買，家裡還有好幾斤芝麻沒吃呢。這種東西過年吃吃，平時吃糖太厲害……倒是買一套砂鍋回來，上海買不到，家裡原有的都壞了，春節沒有用的了。一套大約有4只，最多3元。

……

孩子們講，你回來沒襯衫，準備給你買一件短袖襯衫回來好穿。你喜歡白的還是

淡灰的？我們好，勿念！你自當心。祝

好！

美棠7月8日

平如：

來信收到。你決定哪天動身？孩子們會來接你的。買不到的東西就算了。就是小紅要問你有沒有南瓜子？有就買點給她。……

……

毛頭在醫院實習，要每天向別人借手錶。他說真討厭，明年下半年要正式實習半年，叫希曾一定要儲蓄買一隻錶借給他。家裡困難真沒辦法，十幾年來底子實在太空，孩子們大了，各有打算，家裡又一無所有……

上海這幾天很熱，不過晚上還是涼快。西瓜要9分一斤，我們沒買過。一則沒錢，再則等你回來再大家多吃點。因樂樂在江西幾年沒吃過西瓜了。他們那裡沒有西瓜，

城裡有，很貴。他們又沒錢買，再則離城裡幾十里路也不方便買。所以等你回來大家多吃點。不多寫了，回家再談吧！祝

好！

美棠7月26日午

平如：

你離家已半個多月了，真快。天氣也涼了。11日又是中秋了，你自己買點吃吃吧！我們也會買點吃的。小紅感冒今天已好。前天寄了一個郵包給國賓，別人託買的膠鞋、鹹魚、肉月餅。寄出比較心安，人沒回來，買點給他吃吃。

……

餘再敍！祝

好！

美棠9月8日早

平如：

來信兩封都收到了……

我們中秋節過得很愉快，買了一斤多的肉，做米粉蒸肉吃。朱師母送來月餅我們自己吃了，所以月餅也用不著買了。你來信說你吃了鴨子很好。毛頭講「那裡鴨子怎麼這麼便宜，下次叫爸爸不要買花生，買隻鴨子給我們吃吃。」的確很便宜，上海這麼大的鴨子要4元多，不過這種東西難帶，以後天冷了有人來，頭一天殺好，吹一吹，第二天用尼龍袋裝好帶來。雖這麼講，不一定要買，上海鴨子也有賣，就是貴點。

……

毛頭已經在煩春節後要正式實習了，人家都有手錶，有的人沒有就借哥哥姐姐的，我怎麼辦？所以能有一筆錢就讓他買一隻，這也是他工作需要。上班時間到了，就此擱筆。祝

好！

美棠9月17日午

（鴨子難帶，不要買。孩子們也不過是隨便講講的。有麻油就買斤麻油來。）

平如：

寄來的信和6元20元都收到了。告訴你好消息！小紅今天拿到通知了，是上海長江刻字廠，屬於上海市手工業局領導，雖是集體，但是大型合作性質，比全民只差一點⋯⋯現在不知分配在哪一個車間，不過總算很理想了⋯⋯

我上一信剛收到。你一定也在盼望我的信吧。你看了信一定很開心吧！這刻字廠屬於美術工藝品公司領導。好，不多寫，祝你

愉快！

美棠

12月10日晚

平如：

託人帶上一包東西查收。

⋯⋯

平如：

小紅每天上班，有時開會要到6點多才回來。他們廠發字帖，有正文也有反文。還有小楷簿、小楷筆。每天練字，晚上回來也寫一帖。這樣家務就沒空了，今天大掃除是樂樂一個人掃，星期日小紅休息還要洗被頭，因過年了。

國賓處我上個月曾寄一斤花生米一斤鹹帶魚給他。因他走時棉衣未帶去，毛頭沒有棉衣今年就穿他的。國賓在江西只有一件破棉衣，我去信問他要不要給寄去，他來信叫不要寄，讓毛頭穿。後來我看天太冷，心裡感到不好過，就將一件棉背心寄去，順便就給寄點花生米等吃的東西……

上海前幾天一點都不冷，三個月未下雨了。氣象報告明天要下雨。今天希曾給你買了一頂帽子，我看看很好，耳朵也不冷了，可放下來。祝你

好！

美棠

1月10日

信和錢都早已收到。

……

配給年貨還未買，等希曾發工資和獎金，小紅也是15日。她每次給我10元，餘下7元8角自己買飯票零用。人家看看我們不錯了，其實我們底子太空了。一方面孩子們大了，不能像小時一樣了，他們要穿衣服，家裡又要添置用具，每個月都扯來扯去擺不平。我們孩子們總算不錯，昨天我們小組一個人在小組和我們談，哭哭啼啼。她以前孩子也多，也困難，她孩子比我們大，早工作了。但孩子們都不肯拿錢出來，她愛人病假，每月病假工資只50餘元不夠用。但孩子們都是手錶、腳踏車，家裡常常為了錢吵鬧。這次為了春節到，她愛人要孩子多交點錢出來，結果父子大吵……

我們好，我們會很愉快地過春節的。春節我也會買肉、魚，再加兩隻雞，所以也不錯了……你買了這些東西，你春節哪來錢用呢？你也要買點吃的。好，再談吧！祝

春節愉快！

美棠1月13日

平如：

今天年初二了。過年我們燒了不少菜，你帶回來的兩隻雞又肥又壯，我們做冷盆。孩子們講是鮮的就更好了，可以燒湯吃。今年你回來過春節就帶兩隻活的來燒湯吃。還有你上次買來的大青豆，我們這次燒蹄湯吃，真太好了，孩子們講從沒吃過這麼好的黃豆湯，又稠又好吃……昨天我們燒了四個冷盆。一盆鹹雞（四分之一多點），一盆一半滷牛肉一半燻魚，一盆烤麩燒花生米金針木耳，一盆蔥油蘿蔔絲拌海蜇頭。四個熱炒，一個荸薺炒肉片，一個蛤蜊蛋——就是肉糜炒黃芽菜，再弄四隻雞蛋油氽一隻大蛋餅，再將肉糜倒下去，將半邊蛋蓋上去像一隻大蛋餃（也像一隻蛤蜊），一隻醋溜帶魚片，一隻糖醋排骨，還有一盆點心，炒粉乾。再就是紅燒魚、紅燒肉、蹄湯。酒吃了兩斤。

小紅刻了一個字，寄來給你看看。要能自己寫自己刻就好了。

今年家裡有了一個收音機熱鬧多了。新年節目多，相聲很好聽，孩子們晚上房門關上，兄妹打撲克、聽音樂，開心得很。我和姆媽（美棠的母親）睡在床上聽。孩子們講，今年陰曆12月27日是姆媽80歲，那時國賓也回來，你也回來，這個年就過得更快樂了……

我們好，人家都講我和小紅都胖了。就是希曾瘦。毛頭雖瘦，面色比他好。你春節出去過嗎？上海每天下雨，因上幾個月一直沒下過雨，所以這一下要下過去了。好，再談吧！祝

好！

美棠1月24日（初二）

平如：

2日來信收到。

……

希曾常常高血壓頭昏，小毛頭讓他去檢查看看是什麼病引起血壓高？結果查出仍是腰子病。蛋白兩個「＋」，病假一星期……醫生常給他病假，他總不休息，因超過5天病假一個月獎金5元全部沒有，並還扣工資2角5分一天。這幾天休息他就講：下個月鈔票要少了。我講這也沒辦法，身體要緊……前天我燒黃豆排骨湯，他多吃

點，完全他一人吃又不行，有老有小，叫我怎辦？

……好久也沒收到國賓的信，不知怎樣？心裡很惦記。別人來信講，他們今年都透支，這樣一來他沒錢回家了，所以沒勁，信也不高興寫了。你幾時回來？回來看看用不著多借錢，我們至少比前兩年好了，多一人吃不覺得怎樣了。三月份布票到期，你將買書的錢去買一條條子被夾裡，上海也要10元不到點，買了留下自己用。這次回上海再帶一條棉絮去，你的一條舊的去彈一彈和床一樣大小的墊絮，這樣就不冷了。你不能一直這樣苦撐下去。

……已九點多了，再談吧！祝好！

美棠
2月11日

平如：

16日來信在24日才收到，這麼久，我每天盼望。因為你單身在外，不見回信未免擔心你身體不好生病了，接到信總算放心了。孩子們也講：「爸爸信怎麼這麼久不來。」

……

你四月回來很好，就是樂樂三月要走了，碰不著了。樂樂打算三月中旬走，我向聯營組和互助會各借20元，分期歸還。因他和國賓各需一件布襯衫。還要買肥皂等應用東西，當然還得給國賓買點吃的。錢總算不過來……孩子們大了，要添衣服，像樂樂一件球衫破得厲害，我説買件吧。他説「不要，你看現在有誰穿球衫，我以後要買就買絨線衫了」。的確上海年輕人都沒人穿球衫了，去年國賓也講想要買件絨線衫。想想孩子們也真苦，絨線衫本來不稀奇，可是就是買不起……

上海下了幾天大雪，也冷得厲害。不過你們更冷，尤其是你，棉被、棉衣都不行。今年無論如何要添置好！希曾今天去看醫生，還是病假，血壓90—150，主要是腎炎的關係。慢性病很討厭，毛頭講，不會斷根。好，再談吧！祝你

好！

美棠2月27日晚

平如：

信都收到了，15元也收到。

……昨天上午收到你託朱師傅代寄的信，因天熱免得人家送來，所以當天晚上就叫希曾和毛頭兩人去拿……朱師傅告訴他們說你身體不好，近來常常昏倒，我們聽了又急又難過。什麼原因？你去看過醫生怎麼講的？是苯中毒？還是身體虧？總而言之，冰凍三尺非一日之寒。多年來的艱苦和缺乏營養是最主要的原因，所以你今後營養菜票不可讓給別人，一定要全部自己吃掉。以後你也不要再買什麼東西帶回來……朱師傅比你會保養身體，我們家裡也吃得不錯，晚上一餐總有葷菜。國賓他們雖苦，但他們年輕，抵抗力好。我也儘量給帶點去。我最擔心的還是你，年紀大了，十幾年來身體當然不行了。漆工假使不傷身體能有這些營養費給你嗎。朱師傅講，你雖是搞核算，但這間房放的是漆，也有影響。你還要自動去參加半天勞動，我看算了吧，沒有就沒有，這種工作我一直心裡有疙瘩，這營養費也不是好拿的。加上你再讓給別人，自己不吃，這樣身體能不垮嗎？

……毛頭年底也可分配了，我們經濟可好點，所以你八月份起每月少寄5元回來。你一定要將營養費吃掉，我雖身體不好，但我頭暈病幾年不發了，並不像你會暈倒有危險，又是一個人在外無人照顧。千萬千萬要當心啊！我總是想，等我退休了，我到你處來住一個時期。我們辛苦了這些年也應該休息休息了，但假使身體不好就沒意思，一天到晚病病痛痛多難過。我們身體好，沒病痛，老了大家一塊出去走走，看看電影，買點吃吃，多好。孩子們大了，我不要和他們常住在一塊。他們都成了家，也不要我們照顧他們了，我們兩人彼此照顧，假使有病多難過。所以你一定要當心，不要捨不得吃，要向朱師傅學習，自己燒燒吃吃，實惠點。食堂吃沒什麼好的吃，名字好聽，總要打折扣的。

我今天頭好像有點重，去量量血壓低的68，高的92，醫生講血壓偏低。我記得你也量過是70到90，這也是偏低，都是體虧現象，像我們這種年齡應當是80到130。我們家每天有葷，不要擔心，你注意你自己吧！

美棠3月

平如：

昨天收到信，知你順利到達……

樂樂決定下月2日走，準備後天（30日）去買車票。總是要走的，也不留他了。

買好票打一個電報給國賓叫他來接樂樂。

的確人只好聚不願散，來了歡喜，走了未免難過。雖然你們到春節又會來的，但心裡總不好受。

……

你包裡兩個蘋果是樂樂塞進去的。孩子們看到信裡講晚餐沒供應，都埋怨你不肯將一包點心帶去，只好餓肚皮。

……我昨天給樂樂炒魚鬆睡晚了，今天早點睡，不多寫，祝你好！

美棠4月28日晚

平如：

信收到多天了（5月12日信）。由於這幾天天熱了，冷天衣服要洗曬，昨天竟熱到了30度，洗澡洗衣服……

樂樂來信了。到的那天是國賓和兩個同學去接的。但火車誤點，8點才到，本6點可到。走到半路下大雨，到了目的地，人精疲力竭，因在很高的山上，爬山爬得要命，還要挑行李，泥又深，多少難走。想到我都難過……樂樂講，國賓他們很忙，早上天亮就出工，8點半回來吃早飯。假使天好，就要準備加夜班，因天好有月亮。所以孩子們連洗衣服的工夫都沒有。

……毛頭月底要回來了，這孩子也很瘦。

我們好，勿念，你自己當心，餘再敍，祝好！

（這是小紅給希曾刻的一個小圖章。）

美棠 5月19日

平如：

來信收到。一些情況上次毛頭信中已告訴你了……

毛頭病假一星期，肺炎。開始感覺左胸疼，去透視左肺有陰影，醫生講是病毒性肺炎，配了10瓶青黴素、14瓶鏈黴素，每天早晚各兩針，打得走路也不便了。一星期後再去透視，希望不是結核性就好。這幾天早上熱度到三十八點五度，到下午就三十七點四度，所以我這幾天很不安。又值分配時期，萬一是肺病怎辦？這孩子平時飯量小，精神疲憊，我早就擔心。實因經濟條件差沒辦法早給他吃營養，希曾一人身體不好已夠嗆了，要是再一個又是這樣，真急人。這兩天和希曾兩人拼吃牛奶，再買點精肉燒湯給他吃，又買點水果。上海雞蛋配給每戶一月一斤，也買回給他吃。上月希曾拿工資給他買了一斤半絨線結絨線衫，他講穿一件絨線衫冷，穿棉衣又太早，所以就給他買了。小紅給他趕結……

天氣漸冷你自己當心，我會注意。小組有時有人去做臨時工，我也不敢去要求了，一則恐怕吃不消，另外，孩子們身體不好，我早出晚歸也很不放心……

小紅給小琴（希曾的朋友）刻了一個圖章，希曾休息天給送去的。給毛頭又刻了一隻，今將圖章樣子給你看。毛頭一只是牛骨的，小琴是白有機玻璃的……

我要開會去了，下次再談吧！祝好！

美棠

11月2日

平如：

正要給你寫信，收到你6日來信，知你被夾裡和棉毛褲已買好了，很好，我很放心了。今年回來再帶一條棉絮去，壞了的做墊絮，再買一條被面，一步一步來吧！

……

毛頭病已好，前天去透視過，沒有什麼。這幾天遍身都發了風疹塊，人仍是精神不振，不知什麼原因。這兩天每天都買了肉給他們吃。他們的身體還不及我，現在買菜買煤倒垃圾都是我，一則他們沒空，再則個個都有病。還是我做吧！

……我們好，勿念。餘再敍！祝

好！

美棠
11月10日午

平如：

7月30日信收到。上海前幾天每天雷雨，所以很涼快。昨天又開始熱了。8日就立秋了，熱也不會太長了。還是天冷點好，事少點，人沒有天熱疲勞。

……

在《文匯報》7月13日登載了江西宜春「花果山上繪新圖」，就是國賓他們。你們有《文匯報》可借來看看。我們生產組新近來了一個青年，她是國賓同一公社各大隊的……她講隊裡知青分派到花果山都不肯去，因為那裡太苦，日日夜夜地做，睡眠時間都少。尤其是國賓樣樣艱苦工作都帶頭做，非常好。他們領導去年不批准他們回來，今年可能同知青一塊來上海玩玩。

……

時間不早了我要上班了，因早上風涼可以早上寫信，我們好，勿念！祝好！

（希曾給你中國文學和太極拳書三本都買來了，下次有人來帶給你。）

美棠8月3日早

平如：

……

我昨天去做月餅了，這工作緊張吃力。昨天又加班。由早上七點做到晚上九點半，到家十點多了。加上我早上兩點多起來排隊買菜，燒好弄好，六點鐘就乘16路電車到新閘橋下車走一點路就到了。吃飯半點鐘當中沒有休息，所以很吃力。回來洗澡洗衣服，早上小菜場吵得要命，所以今天頭脹。今天上中班，兩點鐘上班到晚上十一點，我寫好信再睡睡，否則吃不消。今早菜也沒買，還有幾只蛋。毛頭今天值班中午在家吃飯。好，不寫了，祝你好！

美棠

又及，寄上糧票26斤查收。

平如：

來信和10元都收到，由於做臨時工一點空都沒有，加上章姐從雲南來住了五天，我還得陪她去買買東西，所以真真吃力。做月餅在月底結束了，這工作真吃力，我磅一磅輕了6斤。由於要搬鐵盤，不知怎麼扭傷。開始不覺得，這兩天右胸部疼，呼吸覺得胸悶。我今天去看醫生，敷了傷藥，人老了沒用。所以現在招建築工我也沒去報名，聽說50歲不要，我也吃不消。

……這次做臨時工多14元錢，過了一個節，招待招待客人就差不多了，我倒累了一個月。希曾講：「我早就講叫你不要去。」

毛頭總要年底分配，方案現在還不確實……昨天他許多同學都來玩，每人都是手錶、皮鞋，他們班主任講毛頭，別人都像大醫生樣，只有你還是學生樣子。我說你回答老師「我本來就是學生嘛！」毛頭講，這樣講要得罪人的。

我今天補休一天，準備睡覺。下次再談吧！祝

好！

美棠10月5日午

平如：

4日來信已收到。今天接國賓信……國賓信中談到他有了朋友。是誰？回來再告訴我們。真想不到，他倒有了朋友。信中叫家裡給他買一條毛滌褲子和一雙皮鞋……

這次國慶日我們過得很好，有豬肉、牛肉、肚子、豬舌都買了，月餅是韶和送的，我們不會比你吃得差。你自己當心身體，天冷了被單一定要買，你信中講一丈二尺，這不夠，一般都是一丈六尺，切記不可少買，否則不夠，你不能和你的舊的比，今後總要買一條新絮的。

上海這幾天也是每天下雨，天也冷了，我們會當心，你自己冷暖注意。我們好，勿念。祝你

好！

美棠
10月8日

平如：

……

你下月要寄25元來，不行。你又沒錢買東西吃了。我們這兒想辦法吧。你仍寄20元。你自己身體要緊。我今天買了肉給希曾燒海帶湯，我們也買了魚。我們每天有點葷……我看你不一定每天吃葷菜吧！現在番茄便宜了，上海6分一斤，你可買點當水果吃，營養好。不過你買來生吃要好點，不要買太軟的，不好吃，既要紅又要硬點才好吃。

今天天又冷了，下雨，穿一件衣服有點冷。你自己當心身體，我們好，勿念。

美棠6月30日下午

平如：

來信收到。我身體比以前好，由於飯量好。喉嚨不舒服是神經衰弱引起的，我現在刺激性東西一點都不吃……

國賓這人和希曾完全不像，還是那樣抽煙戒不掉，樂樂每月有時給他10元，自己一共只20餘元一月。佩芝（申曾的女友）有時還要給他。我曾講過幾次叫他少抽煙，今後工資不像你現在零用錢這樣多，怎麼辦？年齡也大了，結婚怎麼辦？樂樂萬一去讀書，他自己也沒零用錢。他說我畢業了我給他用。這人在鄉下混了幾年自由慣了，難改。

……

南斯拉夫電影我看電視了，很緊張。希曾電視機零件已差不多買好了，你春節回來可以看了。就是9寸小點，但自己一家人看看還不錯。木殼暫時不做，準備今後改12寸，因現在12寸的顯像管不過關，等過關了再改。

你的問題若能解決就好多了，能回上海更理想……連日大雨氣候涼爽，昨今兩天又熱了，你腰好些嗎？自己保重！

祝

好！

美棠
9月4日上午

平如：

9月5日信收到……這幾天忙得不得了，6日晚上八點多姆媽在房間裡跌了一跤，當時晚上無法送醫院，因她疼得厲害，不能動，哼了一晚。我們都不能睡，要伺候她大小便。第二天早，毛頭去醫院借擔架，又到希曾廠裡借車子，我和毛頭還有方家的兒子踏車子送去。擔架放在車子上，因她一點都不能動。到醫院拍過片子診斷是股骨斷折，需臥床休息三個月……現在全虧毛頭伺候她，我們要上班。我在上班時間回來兩次伺候她大小便，毛頭一人不行，搬不動。晚上毛頭睡在她床邊，和她談談，因她睡不著。毛頭這幾天瘦了不少，白天要燒飯，照顧她，晚上又睡不好，沒辦法。我身體不好，晚上睡在前房，她哼哼唧唧我睡不著。我真擔心，這麼大年紀，怎麼辦？毫無準備……

你買來的核桃，我準備給姆媽吃。別人講核桃補腰，以後能買到你自己吃。說用黃酒沖，先用核桃肉敲碎，放糖蒸一蒸，然後每天用一杯黃酒沖服一匙，功能活血，所以你自己買來吃吃。你自己當心身體，餘再敍！

祝你

好！

美棠

9月10日午

平如：

來信和錢都收到了。我們國慶也買了肉和一隻鴨子，不過鴨子沒雞和鹹鵝好吃，因都是殼沒什麼肉。在家休息三天，也不知忙些什麼，就過去了。

……

姆媽好多了，我也放心不少，還不能起床走動。讓她多臥床休息一個時期。

這房子裡L師母前幾天已去世，是心肌梗死，主要是家庭糾紛氣死的……鄰居都送了花圈，我們也送了。他們都去龍華開追悼會，我沒去，毛頭去幫忙。因平時毛頭常陪她去看病（她家人不陪她去）。所以想想也可憐。

……再談吧！祝

好！

美棠
10月10日

平如：

來信收到。昨天收到樂樂來信想去考美院，但不易，因還要考語文、政治、數學，他未正式學過，不過不妨去試試看。

……

今天信未發出又收到你11月7日信，你給樂樂寄去畫圖東西很好，我也給寄了點畫圖紙，並鉛畫冊和筆一支。

你腰好點但仍要當心，天冷你棉衣不夠，等發工資了一定要做件棉衣，天再冷點棉背心可穿起來。小紅給你結的線衫已快好，等結好給寄來。

來信講你想當英語老師，到那時候再看情況如何解決，能回上海最好，否則再寫信。

你沒事看看電影消遣。我不大看電影，我懶得去。但《林則徐》我看過電視。我們好，勿念！你天冷，自己當心為要，餘再敍。

祝你

好！

（這次樂曾考美術還要考文科，你最好能寫一點給他參考。）

美棠

11月10日上午

平如：

掛號信以及另外兩信都先後收到。

時間快了，還有一個月的樣子，你又快回來了……

希曾的電視機快好了，元旦也可能看了。孩子們都很高興，因元旦有很多好電影要放映，像《野火春風斗古城》《滿意不滿意》《霓虹燈下的哨兵》《十五貫》等，都看要不少錢，而且票子也不大買得到，這樣我們家自己都可看了，連姆媽也好看了。就是到晚上大家事也不想做了，都圍在電視機旁……

上海今天冷了，明天零下三—四度，你當心身體，祝你健康！

美棠12月25日耶誕節

平如：

12月25日信收到，我在同一天也有一信給你，想也收到了。

今天元旦，我上午值電話班，下午休息。因菜難買所以只買了一斤肉包餃子吃算數。今天小紅生日，我們沒什麼買給她，她歡喜吃蛋，明天再買。我這幾天沒空，每晚加班兩小時，因現在有指標……

希曾的電視機已可看了，我們這幾天每天晚上看，昨天看到11點（昨天放到1點），因元旦關係。節目有電影明星朗誦，王丹鳳、黃宗英、白楊、秦怡都出來了……鄰居都來看，他們不大去二毛家，都愛來我們家。

好，不寫了，我還要忙包餃子，孩子們都不願動，他們在看電視。

祝好！

美棠一九七八年1月1日元旦

平如：

來信收到，一切均知……

我們都好，昨天看電視《女交通員》，還可以。前幾天看喜劇是姚慕雙和周柏春做的，戲院每天客滿，半夜排隊也買不到票子。前天電視放《滿園春色》，和《滿意不滿意》電影差不多，不過演得不錯，很好看，我們家也是滿座。

……

我們都很希望你能回上海工作，各方面都會好很多。只有等政策下來，看如何解決。

希曾和毛頭每天五點半起床到外灘慢跑到外白渡橋，跑兩圈就回來。

前幾天二毛給希曾介紹一個朋友，希曾去看了不歡喜，說太難看……只好再等機會，你若能回上海工作，孩子們的一些問題也容易談的。但只有耐心。我還得給樂樂他們回信。他們來信，花生米收到了。

餘再敘！祝

好！

美棠 3月26日

平如：

寄上糧票十斤和信。前天房管所找我談，要我付出三百四十五元。共是一千兩百四十五元，免去八百元，還有三百多元分期付，每月十元。我講我付不出，他們講付不出房子縮小，我也不同意。當然他們態度極壞，說我欠租態度不好，沒有體會。他們當然帶有恐嚇性質，我也不同他們多囉嗦……

今年上海特別熱，最近又好點。姆媽年老體弱，前幾天早上頭發昏，還好我和希曾都還未上班，馬上去電話叫毛頭回來（毛頭6點上班），後來毛頭回來她已好點，毛頭講可能是血糖低，給她吃了一杯糖水，後來漸漸好了。前天早上，又跌一跤，還好不重。真傷腦筋，還好又是早上，否則家裡無人怎辦？她又不聽，叫她不要走來走去。這幾天坐著不走了，可能是跌疼，她不敢講怕我們埋怨她。我近來可能由於心煩，覺得心臟不好，常覺得心跳一陣，一會兒又好了，所以我也儘量注意休息。毛頭不在家，家事也忙了。星期六和星期天晚上小紅總和朋友去看電影，我也不好叫她不去。毛頭一星期兩天夜班。希曾休息幫我拖地板燒飯。天熱每天洗衣服，事也多。好，不寫了。你天熱自己當心，餘再敘！

祝好！

美棠 7月23日早

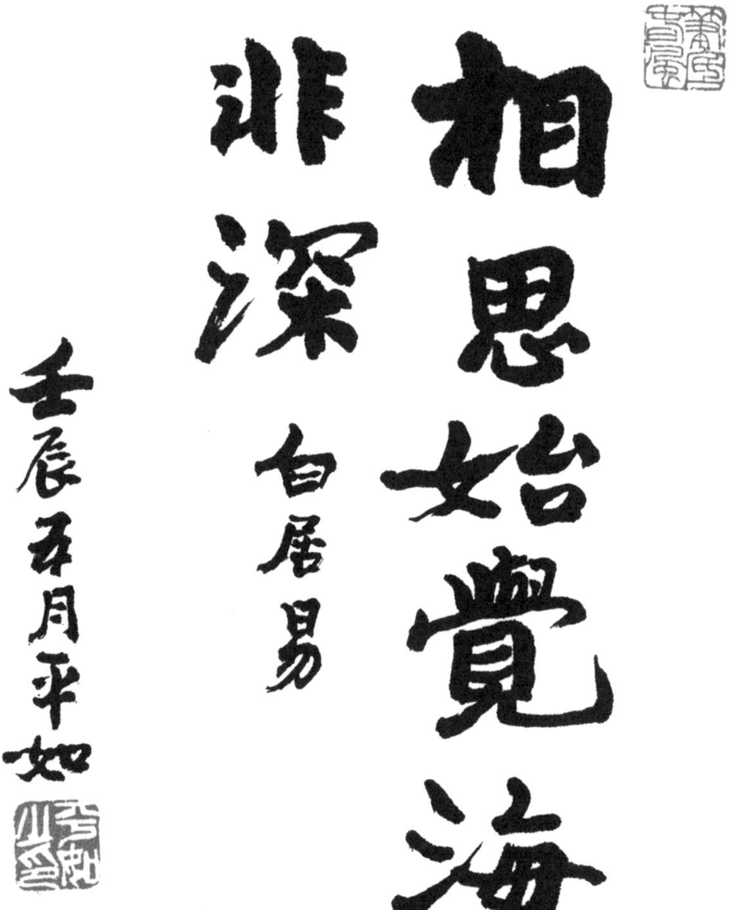
相思始覺海非深
白居易
壬辰五月平如

平如：

9月18日信昨收到，一切知悉……

我最近心情不好，聽說我們生產組52歲就要退休了。可能下個月就要開始。欠租從9月底開始扣，若退休每月少十餘元，扣欠租和每月房租共16元，我連生活費都沒有了。所以想想真煩，你的問題又不知要等到幾時，能回上海就好……孩子們找對象主要是經濟，雖然報紙上講不講經濟，但又怎麼辦得到？現在吃的用的比以前更多了，年輕人愛虛榮的多，我們這種收入別人一聽就不要。要找那種不講經濟條件的人那要找到幾時？我再退休了，就更不行，孩子們一年年長大，所以想想真心煩。

我身體倒比以前胖些，上海天還是熱，去年這時早涼快了。中秋節我們沒買什麼，後來毛頭在醫院帶回1元5角豬肝，樂樂買了兩元錢香腸和幾斤梨子，希曾下班買了十只月餅。後來佩芝媽媽又送了八只廣式月餅，很不好意思……這樣我們中秋仍過得很好，樂樂又買了點酒，總算點綴點綴。馬上國慶到了，要休息三天，今年聽說節約不放煙火，不遊行，明年周年再大慶。

昨天晚上電視《東港諜影》還不錯，我精神不大好，看到後來就瞌睡。今天晚上又是《紅樓夢》，孩子們都歡喜看，看不厭。聽說有幾部好片子，內部已看過，像

《偽金幣》《忠誠》《巴黎聖母院》等外國片子，非常好。中國片子《阿詩瑪》《五朵金花》也快上映了……昨天我看的《東港諜影》的主角達式常這個男演員很漂亮，不少女的寫信給他。他演過《春苗》裡的方醫生，也做過《年青的一代》裡的林育生，你看過嗎？

今天星期天休息，因樂樂在家，我也不那麼忙了，可以給你回信。你那裡涼快了嗎？工作一定很忙……我要洗衣服了，就此擱筆。祝你好！

美棠
9月25日

平如：

昨天又收到你10月8日信，5元也收到了。一切均知。

前信談到給教育局信，大家談了一談認為沒什麼意思……要去信教育局要求教外語，外語老師雖缺但外地更缺，再說教育局為你去外地調回上海教書不大可能，還是要求回原單位有點希望，因這倒有點理由。去信政協我也不知怎麼寫法，你寫一草稿來，可講曾寫信去統戰部和出版局一系列情況。

樂樂準備下月初回宜春，若病退成功即回上海。可惜我們沒錢，否則若病退回來可准許帶一套傢俱。

……

我們工作照常，毛頭很用功，回家就埋頭看業務書，聽廣播外語，連電視也不看。人比以前瘦多了。小紅也不知怎麼，人又瘦又黃，飯只吃半碗，精神不振。我叫她去檢查身體不知會有病不？……我人雖覺胖點但精神不好，到晚上7點鐘就想睡。有時看電視也要瞌睡。前幾天看《百萬英鎊》，是馬克·吐溫寫的諷刺喜劇，很好看，你看過沒有？近來電視古戲不少，《白蛇傳》《打金枝》《盤夫》《天仙配》等等，人們都歡喜看。還有一部近代反特片《黑三角》也不錯。

你忙嗎？下班還得去給別人補課，一天到晚不得休息。你也應注意點。我們好，勿念！你當心身體。餘再敍！

祝

好！

美棠
10月16日

平如：

你的信已收到一個星期了，至今才給你回信，你一定每天在盼望吧！我也知你是很忙的，現在工作都很緊張……

你說今年春節不回來，也好。我恐怕過了年就要退休了，等我退休了你回來，我也在家陪陪你。

樂樂病退是否能成功今年不會有回音，要明年才知道……上次談到寫信一事，想你也不知怎樣寫好。我看要強調困難，比如……我雖這麼寫，但要我寫好一封，我也不知怎樣寫好，再提到這些事，我就心煩。

毛頭今天上夜班不回來，因厚被子也沒有。再冷下去他棉衣也沒有。郊區早晚都很冷，早出晚歸沒棉衣不行，只好天冷再講了……

這次鄧副主席訪日本，我們每天收看衛星轉播……還放了幾部日本電影，其中一部《追捕》最好。有兩部墨西哥片子一點都不好，你不要去看。上海今天放映《家》，電視不久也有的。我們有電視，好片子票子難買而我們可在家看。

談到希曾談朋友事，他要求較高，不要講生產組，就是工作不好他也不要，像服務員飯館理髮店廠裡食堂工作他都不要。他脾氣又古怪。我也沒錢，也無法多講。

你近來身體好嗎？今天停電我休息，抓緊寫封信。祝

好！

美棠
10月31日

平如：

11月5日信早收到。

樂樂車票已買好，明天下午5時的火車，毛頭希曾都在家可去送。國賓來信要買5斤糖送人，我只好買去。本月10元欠租只好暫不付。

10月7日《解放日報》關於科技人員歸隊一文，裡面有一條『勞改釋放，勞教滿期的人也可用』，你可借來看看。還有14日《文匯報》也有一篇〈要大大發揚民主，加強法制建設〉也寫得很好，昨天一篇是〈實事求是，有錯必糾〉，今天17日是關於右派摘帽一文，你可看看。這幾天報紙每天都有這一類的文章。

至於寫到政協的信，我想也不一定會解決。孩子們講，還是寫到檢察院或者是報

館。要將你的情況講明……膽子大點，有些事不能不講，現在不是要實事求是嗎？

毛頭近來心情不好，因醫院這次醫務人員考試分檔，他是護理人員不能參加醫士考試，去要求過不同意，說根據他去時是寫明做護理工作，所以考試只能考護理。後來護士長知他不開心，勸他爭取今後考大學。所以為了出身不好，每個孩子都遇到種種不順心的事。今寄上全國糧票20斤，上海糧票20斤（沒有用就寄回來）。祝

好！

美棠11月17日午

老伴图
老伴老伴，尋不盡的舊夢，翻不完的舊案，講不了的故事，割不斷的情緣。
美好回憶
棠棣開花
平生鴻爪
如此年華
己丑端午前
平如寫時年

平如美棠

作者── 饒平如
美術設計── 張巖
責任編輯── 楊淑媚
校對──楊淑媚
行銷企劃── 王聖惠

第五編輯部總監── 梁芳春
發行人── 趙政岷
出版者──時報文化出版企業股份有限公司
10803台北市和平西路三段二四〇號七樓
發行專線──（02）2306—6842
讀者服務專線──0800—231—705、（02）2304—7103
讀者服務傳真──（02）2304—6858
郵撥──19344724時報文化出版公司
信箱──台北郵政79～99信箱
時報悅讀網──http://www.readingtimes.com.tw
電子郵件信箱──yoho@readingtimes.com.tw
法律顧問──理律法律事務所　陳長文律師、李念祖律師
印刷──詠豐印刷有限公司
初版一刷──2018年3月16日
定價──新台幣380元
行政院新聞局局版北市業字第八〇號

平如美棠 / 饒平如作. -- 初版. -- 臺北市：
時報文化, 2018.03　面；　公分
ISBN 978-957-13-7348-5(平裝)
855　107002870

海並不深，
懷念一個人比海還要深。